おせち料理《りょうり》

おせち料理は一つひとつにおめでたい意味《いみ》があり、幸《しあわ》せへの願《ねが》いがこめられています。

おたんじょうび　おめでとう　作詞：かんのゆうこ
作曲：北見葉胡

はりねずみのルーチカ

-フェリエの国の新しい年-

かんのゆうこ 作　北見葉胡 絵

講談社

はりねずみのルーチカ

—フェリエの国の新しい年—

もくじ

まえがき…………………………………… 6

年こしのじゅんび………………………… 7

精霊《せいれい》ノーナとパルカの書…………………27

はじまりのたねの世界《せかい》……………………53

後悔《こうかい》のなみだの世界………………………83

ふたたびもとの世界へ……………………95

たんじょうびのひみつ………………… 103

さびしい年こし………………………… 117

新しい年………………………………… 125

ルーチカ

こころやさしいはりねずみ。ジャムづくりと歌がだいすき。いつもあたまのうえにりんごをのせてあるいている。

テールおじいさん

りくがめ。大地の石たちから、はるか古代《こだい》からのフェリエの歴《れき》史《し》をきくことができる。

精霊《せいれい》ノーナ

地上にすむ、すべてのいきものたちの運命《うんめい》の物語《ものがたり》が書かれている『パルカの書』。そのパルカの書がおさめられている世界《せかい》をつかさどっている精霊。

ノッコ

ちょっとなまいきな森の妖精《ようせい》の女の子。
うさぎのかぶりものがだいすき。
ジャグリングがとくいで、いつも赤い玉をもちあるいている。

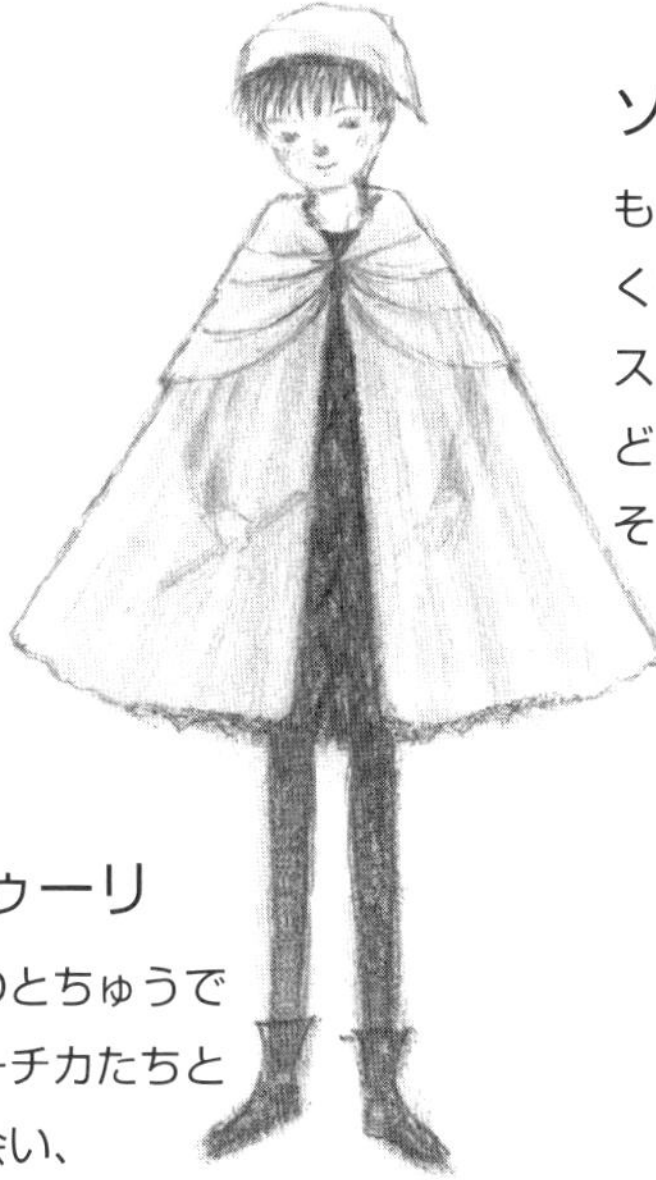

ソル

もぐら。気がよわくて、
くいしんぼう。ソルがもつ
スコップで土をたがやすと、
どんな植物《しょくぶつ》でもいきいきと
そだつようになる。

トゥーリ

旅《たび》のとちゅうで
ルーチカたちと
出会い、
そのままフェリエの国に
すみついたなぞの少年。
かろやかですばやい
身《み》のこなしができる。
ラピナというふしぎな笛《ふえ》をふく。

ニコ

てんとうむし。
森じゅうのうつくしい音を
ポシェットのなかにあつめている。

ルクルとクプル

白ねこと黒ねこのふたご姉妹《しまい》。
料理《りょうり》がじょうずで、ことあるごとにふたりの家ではパーティーがひらかれる。
ふたりのすむ家は、森の住人《じゅうにん》たちから「ルクプルの家」とよばれている。

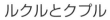

まえがき

ルーチカのすむフェリエの国がどこにあるのかといえば、それはわたしたちのすむ世界《せかい》の、あんがいすぐそばにあります。そこは、フェリエの国があることをしんじるひとだけにみえる、ひみつの場所《ばしょ》なのです。だから、「フェリエの国なんてあるはずがない。」とおもうひとには、みることもさわることもできません。

けれども、フェリエの国は、ちゃんとあるところにあって、そこにはたくさんのふしぎないきものたちがすんでいます。フェリエの国は、わたしたちのすむ世界とにているところもありますが、花も、木も、虫も、どうぶつたちも、いろんなことが、ちょっとずつちがっています。大きいものや、小さいもの、にぎやかなものやおとなしいもの、顔もかたちもちがったいきものたちが、自分にぴったりの家を、お気にいりの場所につくって、なかよくくらしているのです。

そうして、そこにすむふしぎな住人《じゅうにん》たちは、ときどきとくべつな穴《あな》をとおりぬけて、わたしたちの世界にあそびにきたりもします。かれらは、そっとすてきなおくりものをとどけてくれたり、ふしぎなはなしをきかせてくれたり、わたしたちをしあわせなきもちにしてくれる、やさしいいきものたちなのです。

年こしのじゅんび

きんとひえた冬の空気がフェリエの森をつつみこみ、一年のカレンダーの日《ひ》付《づけ》がのこりすくなくなってきたころ、フェリエの森の住人《じゅうにん》たちは、新しい年をむかえるためのじゅんびをはじめます。

この日ルーチカは、「ペルマナン」という新年のかざりものをせっせとつくっていました。ペルマナンは、無限大《むげんだい》のかたちをしたリースで、乾燥《かんそう》させたホワイトセージの葉《は》やラベンダーの花、シダーウッドの枝《えだ》、ナナカマドの赤い実《み》をたばねてつくります。これを戸口にかざると、新しい年にしあわせがまいこんでくるといわれているのです。

「えーと、これをたばねて、くるんとねじって、それから、ここをむすんで……よし、できた！」

ペルマナンをつくりおえたルーチカは、さっそく戸口にかざると、まんぞくそうにながめました。それから、新しい年をきもちよくむかえるために、家の大そうじをはじめました。

ルーチカは家じゅうのほこりをはらい、窓《まど》や床《ゆか》をていねいにふき、台所《だいどころ》をぴかぴかにみがいていきます。いらなくなったものをすて、ひきだしや本だなをかたづけていたときです。

「わぁ、この本。なつかしいなあ。」

ルーチカは、本だなのおくから、一冊《さつ》の本をとりだしました。

これは、ずいぶんまえにルーチカが「ひとびとの国」へあそびにいったときにひろってきた、こどものための料理《りょうり》の本でした。『いっしょにつくろう おいしいおせち』と書かれた本の表紙《ひょうし》には、四角い箱型《はこがた》の器《うつわ》にはいったごちそうの絵があり、本のなかには、おいしそうな料理のつくりかたや、ひとびとの国の新年のすごしかたなどが、きれいな絵とともにのっていました。

「おせち料理」というのは、ひとびとの国で新しい年をむかえるときにたべるとくべつな料理だということを、ルーチカはこの本をよんでしりました。フェリエの国でも、年のおわりに家族《かぞく》やなかまたちと家にあつまって、「年こしのパーティー」をひらきますが、きまったごちそうというものはありません。
ルーチカは、ひとびとの国のおせち料理《りょうり》を、いつかたべてみたいとおもいなが
ら本をたいせつにしまいこみ、すっかりわすれていたのでした。
「おいしそうだなぁ。どんな味《あじ》がするんだろう。」
絵をみているだけで、なんだかおなかがすいてきます。
おせち料理は、一つ一つにおめでたい意味《いみ》があり、
しあわせへのねがいがこめられている
すてきな料理でした。
本をよんでいるうちに、
わくわくしたきもちが
どんどんふくらんできて、
ルーチカはとうとうかたづけをほうりだすと、
本をもってそとへとびだしていきました。

「ソル、こんにちは！」

ルーチカが元気にソルの家のドアをたたくと、カチャリとドアがあいて、ソルが顔をだしました。

「やぁ、ルーチカ。きみも大そうじにあきちゃったのかい？」

ソルはにっこりわらうと、ルーチカを家のなかへまねきいれました。

なかへはいっていくと、へやのおくのテーブルでは、トゥーリとニコ、それにノッコがあそびにきていて、のんびりお茶をのんでいたのです。

テーブルのうえをよくみてみると、
なんと桃《もも》の木の妖精《ようせい》の桃胡《ももこ》までいて、
小さなカップでお茶をのんでいます。

「やぁ、ルーチカ。」

「みんなもきてたの。こんにちは。」

ルーチカがあいさつすると、ノッコがかたをすくめていいました。

「まったく、大そうじってふしぎよね。かたづけているつもりなのに、どんどんものがひろがって、かえって家じゅうがちらかっちゃうんだから。」

ニコがわらいます。

「ノッコの家は、ものがおおすぎるんだよ。とくにうさぎのかぶりものとかさ。」

「あら、おしゃれは女の子のいちばんのたのしみだもの。服《ふく》がたくさんあるのは、あたりまえよ。」

ノッコがすずしい顔でこたえます。

「みんながあつまってるならちょうどよかった。みせたいものがあるんだ。」

ルーチカはテーブルのまんなかに、もっていた本をひろげました。

「本だなをかたづけていたら、こんな本がでてきたの。まえにひとびとの国へあそびにいったときに、ひろってきたものなんだ。」

ニコが本をのぞきこみます。

「おせち料理《りょうり》って、なあに。」

「ひとびとが新しい年をむかえるときにたべる、ごちそうのことだよ。」

ルーチカが、ゆっくりと本のページをめくっていきます。

「ひとびとの国のごちそうの本か。おいしそうだなぁ！」

くいしんぼうのソルが、ごくりとつばをのみこみます。

「なんだかめずらしい料理だね。いろんな国を旅《たび》してきたけれど、こんな料理、はじめてみるよ。」

トゥーリも、かんしんしたようすです。

ルーチカがページをめくるたびに、みんなはきょうみしんしんで、料理の絵を目でおっていきます。

「ほらみて。料理のつくりかたもちゃんとのってるんだ。」

ルーチカが、つくりかたのページをひらいてみせました。

「ふーん。材料《ざいりょう》は、市場《いちば》にあるものでなんとか代用《だいよう》できそうね。うまくつくれるかどうかは、わかんないけど。」

ノッコがいうと、ルーチカがみんなの顔をみまわしました。

「それでね、ちょっとおもいついたんだけれど、今年の年こしのパーティーのごちそうは、このおせち料理をルクルとクプルにつくってもらわない？」

みんなが、歓声《かんせい》をあげました。

「それはいいね！」

「だいさんせい！」

そのとき、ニコが、首をかしげました。

「でもルーチカ、おせち料理って、新しい年が明けてからたべる料理じゃないの？　三十一日の夜からたべてもいいのかな。」

それをきいたルーチカが、うなずいていいました。

「いまはたしかにそうみたいなんだけれど、まだ時計もなかったとおい昔《むかし》は、おひさまがしずむと一日がおわるとかんがえられていたんだって。つまり、十二月三十一日の日がくれるとすぐに新年がはじまるから、おせち料理《りょうり》は新しい年をむかえる『年むかえ料理』として、十二月三十一日の夜からたべていたらしいよ。」

くいしんぼうのソルの顔が、ぱっとかがやきました。

「それなら、十二月三十一日の年こしパーティーのごちそうとしてたべてもおかしくないよね。」

ノッコが、じれったそうにいいました。

「三十一日にたべても一日《ついたち》にたべても、味《あじ》はかわんないわよ。」

トゥーリが、くすくすわらいます。

「そうだね。それに、年こしのパーティーをやっているうちに、すぐに新しい年が明けるよ。」

「それじゃ、あとでルクルとクプルにたのみにいこう。材料《ざいりょう》はみんなで市場《いちば》にかいにいけばいいし、材料がそろわないものは、ぼくたちも手つだって、にたような料理を工夫《くふう》してつくってみようよ。」

ルーチカがそういって、本をとじると、

「それじゃあ、今年の年こしパーティーのごちそうは、おせち料理にきまり！」

ニコがさけんで、みんなが、わっと拍手《はくしゅ》をしました。

「それにしても、今年もいろんなときに、ルクルとクプルにごちそうをつくってもらったよね。」

ソルが、しみじみいいました。

「ルクルとクプルは、料理がとてもじょうずだし、いつもよろこんでつくってくれるから、ついついおねがいしちゃうのよね。」

ノッコもいいました。

「春のお花見会や秋のお月見会、ハロウィン、クリスマス、それにぼくたちそれぞれのたんじょうびのごちそうも、ふたりがつくってくれたもんね。」

ニコが、一年間にあったできごとをおもいだしていたとき、トゥーリがふしぎそうにたずねました。

「だけど、ルクルとクプルのたんじょうびは、いままでおいわいしたことがないよね。ふたりのたんじょうびは、いつなんだい？」

ルーチカが、ちょっとこまった顔をしました。

「じつはぼくたち、ルクルとクプルのたんじょうびをしらないんだ。」

「どうして？」

「理由《りゆう》はわからないんだけれど、なぜだかふたりは教えてくれないんだよ。」

はなしをききながらノッコもうなずきます。

「たんじょうびがいつなのかをふたりにきいても、『わたしたちのことはいいのよ。気にしないで。』って、ぜったいに教えてくれないの。」

「ふぅん……。」

トゥーリは、かんがえこむようにだまってしまいました。ソルがいいました。

「だけどやっぱり、ふたりのたんじょうびをおいわいしたいよね。なにかいいアイデアはないかなぁ。」

するとトゥーリが、ひらめいたように顔をあげました。

「それなら、りくがめのテールおじいさんにきいてみたらどうだろう。フェリエの国でいちばんながくいきているテールおじいさんなら、ルクルとクプルのたんじょうびも、しっているかもしれないよ。」

ルーチカが、いきおいよくたちあがりました。

「そうだね！　これからさっそく、おじいさんのところへいってみよう。」

「さんせい！」

「いってみよう。」

こうしてルーチカたちは、
テールおじいさんの家を
たずねることにしました。

テールおじいさんの家は、
夏になるときれいなはすの花がさく、
池のほとりにありました。
みんながはす池にやってくると、
テールおじいさんは、
ちょうど大きな石のうえで、
ひなたぼっこを
しているところでした。

「テールおじいさん、こんにちは。」

みんながあいさつすると、テールおじいさんは、きもちよさそうにとじていた目をうっすらとあけて、ながい首をゆっくりのばし、ルーチカたちのほうへ顔をむけました。

「きょうはまた、みんなそろってどうしたんじゃ。」

ルーチカが、テールおじいさんにちかづきます。

「ちょっとききたいことがあったの。おじいさんは、ルクルとクプルのたんじょうびがいつなのかしらない？」

「ルクルとクプルのたんじょうび？」

トゥーリがうなずきます。

「ぼくたち、いつもルクルとクプルに親切にしてもらっているのに、まだいちどもふたりのたんじょうびを、おいわいしたことがないんです。」

ニコがふわりととんで、石のうえにとまりました。

「それっていうのも、ぼくたちがふたりのたんじょうびをしらないからなんだ。」

テールおじいさんは、ながくのばした首を少しひっこめました。

「それじゃったら、本人たちにきくのがいちばんはなしがはやいじゃろう。」

ノッコが、もどかしそうにいいました。

「それができたらはなしはかんたんなんだけれど、ふたりが教えてくれないのよ。」

「なぜ教えてくれないんじゃ？」

ソルが、首を横《よこ》にふります。

「それが、ぼくたちにもよくわからないの。たんじょうびをたずねても、『わたしたちのことはいいのよ。

気にしないで。』って、いつもはぐらかされちゃうんだ。」

「ほぅ……。」

「それで、この国でいちばんながいきのテールおじいさんなら、ふたりがうまれた日をしっているかもしれないとおもって、ききにきたの。」

ルーチカがいうと、テールおじいさんは、ゆっくりまばたきをしました。

「ルクルとクプルがうまれたころ、わしはまだこの森にすんでいなかったからのぅ。ざんねんながら、ふたりのうまれた日はしらないんじゃよ。」

みんなは、がっかりしてしまいました。そのようすをみたテールおじいさんは、はなしをつづけました。

「じゃが、精霊《せいれい》ノーナのもとをたずねれば、きっとふたりのうまれた日がわかるはずじゃよ。」

「精霊ノーナ?」

テールおじいさんがうなずきます。

「フェリエの森から北にずっとむかったところに、フォリフォリ山《やま》という、ふかい霧《きり》につつまれている山があるじゃろう。その山のいただきちかくに『しずかのどうくつ』という場所《ばしょ》がある。そこに、ノーナというなまえの精霊《せいれい》がすんでいるんじゃ。

ノーナはどうくつの地下に巨大《きょだい》な書庫《しょこ》をもっていて、そこには地上に存在《そんざい》するすべてのいきものの『パルカの書』が保管《ほかん》されているらしい。

パルカの書というのは、わしらがうまれた日から死《し》ぬまでにたどる運命《うんめい》、つまり、過去《かこ》、現在《げんざい》、未来《みらい》のすべてが書かれている運命の書のことじゃ。ノーナにたのんで、ルクルとクプルのパルカの書をみせてもらえれば、ふたりのうまれた日をしることができるじゃろう。」

トゥーリが、まえにすすみでました。

「だけど、そんなにかんたんに、みせてもらえるものなんですか。」

「わしもうわさできいただけじゃから、くわしいことまではわからんが、たしか、ひとつかふたつやることはあるものの、のぞめばだれでもみせてもらえたはずじゃ。明日《あした》にでも、みんなでたずねてみるといい。

フォリフォリ山《やま》は、霧《きり》がふかくてけわしい山じゃから、気をつけてな。」

そこでルーチカたちは、テールおじいさんにくわしい場所《ばしょ》を教えてもらうと、明日さっそくたずねてみることにしました。

精霊《せいれい》ノーナとパルカの書

つぎの日、ルーチカたちは早おきをして、さっそくフォリフォリ山《やま》にある、しずかのどうくつをめざしてあるきはじめました。

北の方角にあるフォリフォリ山の森は、霧《きり》におおわれているうえに、いりくんだ迷路《めいろ》のような山道《やまみち》がえんえんとつづいていました。先頭をあるいていたトゥーリが、かえり道をまよわないように、ときどきいく手の木の枝《えだ》のさきをぽきりとおっては、また森のおくへとすすんでいきます。

ふかい森をぬけ、山道をのぼってはくだり、川をわたり、野原をよこぎってはまたあるきつづけ、岩をのりこえ、切りたったがけ道をあるき、つりばしをわたって、五人はとうとうフォリフォリ山のうえにある、しずかのどうくつのまえまでたどりつきました。

「ここが、テールおじいさんが教えてくれた『しずかのどうくつ』の入り口だね。」

ルーチカが、大きなどうくつをみあげました。

「なんだか、かいぶつの口みたい。」

ソルが、ぷるっとふるえます。

ごつごつした岩でできたどうくつの入り口は、まるでこの場所《ばしょ》にきたものたちを、まるごとのみこもうとしているかのようにみえました。けれども、ここでひるんでいてはさきにすすめません。

「よし、なかへはいってみよう。みんな、足もとに気をつけて。」

トゥーリが先頭にたって、どうくつへ足をふみいれます。それにつづいてルーチカたちも、そろそろとなかへはいっていきました。

どうくつのなかの通路《つうろ》は、なだらかなくだり坂《ざか》になっていて、ところどころにカンテラのあかりがともっていましたが、うす暗《ぐら》くてさきがよくみえません。ルーチカたちはふあんなきもちで少しずつまえにすすんでいきました。

空気はひんやりとつめたく、ときどき水滴《すいてき》がうえからぽとりとおちてきてぎょっとしたり、じめじめした土に足をすべらせてひやりとすることもありました。こころぼそさをかかえながらすすんでいくと、しばらくして、ぽつりぽつりと左右の岩かべにひかるものがみえはじめたのです。

「ねぇ、きれいな石がたくさんうまってるよ。」

ルーチカが、目をかがやかせて岩かべをみあげました。

どうくつにあらわれた鉱脈《こうみゃく》には、宝石《ほうせき》や水晶《すいしょう》の原石がうまっていて、きらきらとかがやいていました。うつくしい光景《こうけい》にみとれながらあるきつづけていると、少しずつ通路《つうろ》がひろくなっていきました。

さらにおくへおくへとすすんでいくと、どうくつのさきに、青白いひかりがみえてきました。ひかりのほうへむかって、ルーチカたちが、さらにあるきつづけていくと、とつぜん、ふきぬけの広場のようなひろい場所《ばしょ》にでたのです。

あたりには、ほんのり青みがかったうすい霧《きり》がかかり、どこからか湧《わ》き水《みず》の流《なが》れる音がきこえてきます。五人は目をこらして、うすい霧のなかをみまわしました。そのときニコが、「あれをみて！」と、声をあげました。ニコが指《ゆび》さす方向《ほうこう》に目をやると、どうでしょう……。

霧《きり》のむこうに、青くすきとおった館《やかた》がたっていたのです。その館は、すべてが水晶《すいしょう》でできていて、建物《たてもの》の内側《うちがわ》から青いひかりがあふれています。ふかいどうくつのなかで幻想的《げんそうてき》にうかびあがるその館は、すいこまれそうなほどうつくしく、五人はすっかりみとれてたちつくしてしまいました。

「きっとあれが、精霊《せいれい》ノーナのすんでいるところだね。」

館をみつめながら、ルーチカがいいました。

「ちかくまでいってみよう。」

トゥーリが声をかけると、みんなはしずかな足取《あしど》りで、館のほうへちかづいていきました。

館の正面《しょうめん》にある大きな水晶のとびらには、彫刻《ちょうこく》がほどこされたドアノックがついていました。いちばん背《せ》のたかいトゥーリが、ドアノックに手をかけて、コッ、コッ、コッ、と三回たたきました。水晶の澄《す》んだ音があたりにひびき、ほどなくして、とびらのむこうから、カッ、カッ、カッ、と、冴《さ》えたくつ音が

ひびいてきました。

みんな、からだをかたくしながらまっていると、やがてとびらが、カチャリ、とひらいて、なかから、時計に手足がはえたような妖精《ようせい》が顔をだしました。

「や、パルカの書をみにきたお客《きゃく》さんだね？」

五人は、こくりとうなずきます。

「ぼくは時間の妖精ル・タン。ノーナ様《さま》の使《つか》いだよ。以後《いご》、おみしりおきを。」

ル・タンとなのるその妖精は、五人の顔をゆっくりとみまわすと、館《やかた》のなかへまねきいれました。

ルーチカたちは、ひろい客間《きゃくま》にとおされました。ル・タンは、水晶《すいしょう》のソファーにすわるようにすすめると、となりのへやにすがたをけしました。

五人は、おずおずと水晶のソファーにこしをおろしました。雲のようにまっ白い、やわらかなクッションがおかれた水晶のソファーは、とてもすわりごこちのよいものでした。それから、ひろい客間をあらためてみまわしました。

たかい天井《てんじょう》、豪華《ごうか》なシャンデリア、ぴかぴかにみがきあげられた床《ゆか》、大きな窓《まど》にはまっ白いシルクのカーテンがかかっています。とくに目を引いたのは、客間の中央《ちゅうおう》におかれた大きな円形の水盤《すいばん》でした。なかには澄《す》んだ水がはられているのがみえます。

館《やかた》自体もすべてが水晶でつくられていましたが、へやのなかの家具《かぐ》や調度品《ちょうどひん》――たとえば、テーブルやソファー、キャビネットや本だな、花びんや時計、レリーフのほどこされた柱《はしら》やりっぱな彫刻《ちょうこく》にいたるまで、とにかくなにもかもがうつくしい水晶でつくられているのでした。

「りっぱな館《やかた》だなあ。」

ルーチカがつぶやいたとき、ル・タンが、羽根《はね》ペンとインクびん、それに白い紙をもってもどってきました。それらをテーブルのうえにおくと、なれた調《ちょう》子《し》でいいました。

「まずこの紙に、なまえとたんじょうびを書いてください。」

ソルが、えんりょがちにいいました。

「あの、ぼくたち、たんじょうびがしりたくて、ここまでやってきたんだけれど……。」

するとル・タンは、なるほど、といったようすでうなずきました。

「つまり、自分のたんじょうびがしりたくて、ここまでやってきたんだね？　なに、はずかしがることはない。自分のたんじょうびがわからないってことは、森のなかではよくあることだよ。じつのところ、たんじょうびがわからなくても、まぁなんとかなるものなんだ。」

ル・タンはそういいながら、客間《きゃくま》の中央《ちゅうおう》にすえられている水盤《すいばん》を指《ゆび》さしました。

「あの水盤のなかにはいっている水は、じつはただの水じゃない。あれは、時の流《なが》れの川からくみ上げてきた『時間の水』なんだ。自分のなまえを書いた紙をこの水にうかべて、水盤のなかをのぞきこむと、水面《すいめん》に顔をうつしたものの運命《うんめい》の数字が、紙のうえにくっきりとうきでてくる。それが、そのひとのパルカの書の番号《ばんごう》なんだ。

なにしろこの館《やかた》の地下には、地上のすべてのものたちのパルカの書がおさめられているからね。その番号がわからなければ、とてもさがしだすことはできないんだよ。」

ル・タンがそう説明《せつめい》すると、ノッコが首を横《よこ》にふりました。

「あたしたち、自分のたんじょうびならちゃんとしってるわ。そうじゃなくて、きょうはともだちのたんじょうびがしりたくて、ここまでやってきたのよ。」

ル・タンは、きゅうにまゆをひそめました。
「たしかにここにくれば、だれでも自分の
パルカの書をみることはできる。
でも、それができるのは、
あくまでも本人だけだ。なんと
いっても、パルカの書には、
そのひとの運命《うんめい》が書かれて
いるんだからね。
ほかのひとがやってきても、
みせてあげることはできないよ。」
それをきいたニコが、ぷんとふくれていいました。
「ぼくたち、ともだちのたんじょうびを
しりたかっただけで、運命をみようと

していたわけじゃないよ。」

「だけど、パルカの書をみせてもらうということは、それとおなじことになる、ってことなんだろうね。」

トゥーリがいうと、みんなは、はっとして、口をつぐみました。

「そのとおり。パルカの書は、本人以外《いがい》には、けしてそのページをひらこうとはしないのです。」

そのとき、どこからか、りんとした声がきこえてきました。ルーチカたちがあたりをきょろきょろみまわすと、目のまえがきゅうに青白くかがやきはじめ、そのひかりのなかから、うつくしい精霊《せいれい》がすがたをあらわしたのです。

「あなたは……。」

「わたしはノーナ。パルカの書の世界《せかい》をつかさどるもの。」

青い衣装《いしょう》を身《み》にまとい、かがやく銀色《ぎんいろ》の髪《かみ》をゆらした精霊が、やさしくほほえみます。

「ひとのパルカの書をみることはできませんが、自分のものでしたらみることはできます。あなたがたは、自分のパルカの書をみてみたいですか。」

五人は、目をまるくしました。

「それをみると、自分の未来《みらい》の運命《うんめい》がわかるの？」

ルーチカがたずねます。

「そのとおりです。過去《かこ》でも、未来でも、おもいのままに。」

ノーナはそういって、手にもっていた水晶《すいしょう》の杖《つえ》で、床《ゆか》をカツン、とつきました。すると、どうでしょう……。

水晶の床したに、ほぅ……っとオレンジ色のあかりがともり、地下にひろがる書庫《しょこ》がうかびあがるようにすがたをあらわしたのです。それは書庫というよりも、まるでみしらぬ世界《せかい》の街《まち》なみのように、どこまでもひろく、はてしなくつづいています。ルーチカたちは、はじめてみるその光景《こうけい》に、おもわず息《いき》をのみました。

「ここは、パルカの書の世界《せかい》。地上にいきる、すべてのものたちのパルカの書がおさめられている場所《ばしょ》なのです。」

ノーナがいうと、ソルがおずおずとたずねました。

「このなかのどこかに、ぼくたちのパルカの書もおさめられているの？」

ノーナは、もちろん、とでもいうように、ゆっくりとうなずきます。

五人は、足もとにひろがる世界を、ぼうぜんとみおろしました。

「……どうする？」

「あたし、自分のパルカの書をみてみたいわ！　自分の運命《うんめい》がわかるなんて、おもしろそうじゃない！」

ノッコの目がかがやきます。

「ぼくも、せっかくここまできたんだから、自分の未来《みらい》をみてみたいな！」

「ぼくも！」

五人はわくわくしながら、口々《くちぐち》にいいました。それをきいたノーナが、ふわりとほほえみました。

「みなさんのねがいは、わたしがかなえてあげましょう。ただしそのまえに、みなさんは、あるふたつの世界《せかい》をみてこなければなりません。」

「ふたつの世界?」

「そう。ひとつは、『はじまりのたねの世界』、もうひとつは、『後悔《こうかい》のなみだの世界』。そのふたつの世界をみてきたあとで、自分のパルカの書をみるかどうかを、あらためてえらんでもらいます。

ただし、パルカの書をみるかどうかをえらべる機会《きかい》は、一生でいちどきりです。今回をのがしたら、あなたがたにはもう二度《にど》とその機会はあたえられませんから、よくかんがえてえらびなさい。さあ、みなさん、手をだして。」

ノーナははなしおえると、五人の手のひらのうえで水晶《すいしょう》の杖《つえ》をひとふりしました。すると、銀《ぎん》の粉《こな》のようなひかりがふりそそぎ、それぞれの手のひらのう

えに、緑《みどり》の実《み》、黒い実、そして青い実があらわれたのです。

「これは『時の実』。まずはじめに、緑の実をたべなさい。するとあなたがたは『はじまりのたねの世界《せかい》』にいくことができます。つぎに、黒い実をたべなさい。するとこんどは、『後悔《こうかい》のなみだの世界』にたどりつきます。そのふたつの世界のすべてをみおえたら、さいごにこの青い実をたべるのです。するとふたたびこの世界にもどってくることができるでしょう。もしもこの実をなくしてしまったら、永遠《えいえん》に時のはざまにとりのこされて、二度《にど》ともどってこられなくなりますから、けしてこの実をなくさないように。」

ノーナが念《ねん》をおしました。

「だけど、この実をたべてその世界についたら、あたしたちはどうすればいいの？」

ノッコがたずねます。

「それぞれふたつの世界は、わたしの妹たちがつかさどっています。かのじょたちがみなさんを案内《あんない》してくれますから心配《しんぱい》はいりません。さあ、いって、運《うん》命《めい》の神秘《しんぴ》にふれていらっしゃい。」

ルーチカたちは、ノーナにいわれたとおり、まずはじめに緑《みどり》の実《み》をたべました。すると、きゅうにあたりがまっ白なひかりにつつまれて、やがてだんだんとねむくなるように気がとおくなっていきました。

はじまりのたねの世界《せかい》

気がつくと、五人は見晴らしのよい、ひらけた草原にたたずんでいました。

あたりには、金色にかがやく草が一面《いちめん》にひろがっていて、サワサワと風にゆれています。少しはなれたところに、大理石でできた巨大《きょだい》な建物《たてもの》がそびえたっているのがみえます。彫刻《ちょうこく》のほどこされた建物は円柱形《えんちゅうけい》で、雲をつきぬけ、さらにうえのほうまでつづいており、いったいどれほどのたかさがあるのかわかりません。あたりはうすい霧《きり》につつまれていて、その建物だけが、ぽっかりと空にうかんでいるようにみえました。

「あれが、ノーナのいっていたひとつめの世界《せかい》かな。」

ルーチカが、巨大な建物をみつめます。

「きっとそうだな。ちかくまでいってみよう。」

トゥーリを先頭にして、金色の草をふみしめながら建物のほうへちかづいていきます。

建物のまえまでやってくると、ニコがふわりととびあがりました。

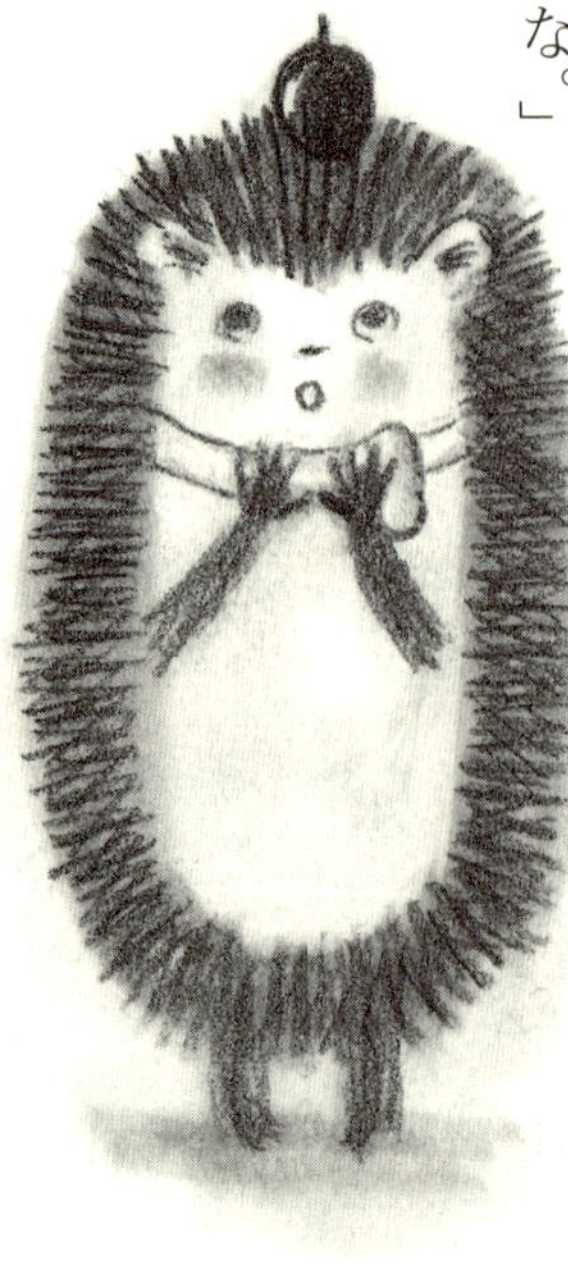

「みて。ここに『はじまりのたねの世界《せかい》』って書いてあるよ。」

とびらのうえにあるアーチ形のレリーフの文字を、ニコがよみあげます。

「よし、なかへはいってみよう。」

トゥーリがとびらをおしあけると、五人はそっとなかへはいっていきました。


「わぁ……。」

大理石の建物《たてもの》のなかは、巨大《きょだい》な図書館《としょかん》と、博物館《はくぶつかん》と、美術館《びじゅつかん》がひとつになったような、すばらしい場所《ばしょ》でした。建物の中央《ちゅうおう》はふきぬけになっていて、天窓《てんまど》からあかるい日差《ひざ》しがさしこんでいます。

かべにそってぐるりとつくりつけられた本だなには、かぞえきれないほどの本がぎっしりとならび、大ホールには、りっぱな石の彫刻《ちょうこく》や、天体望遠鏡《ぼうえんきょう》、大きな天球儀《てんきゅうぎ》、昔《むかし》の調度品《ちょうどひん》などが、おもおもしくおかれていました。ガラスの陳《ちん》列《れっ》ケースのなかには、みしらぬ国のふるい地図や天文盤《てんもんばん》、さまざまな時代《じだい》の美《び》

れています。

術品《じゅつひん》、なににつかわれたのかよくわからない発掘品《はっくつひん》などが、たくさん展示《てんじ》されています。

大ホールのおくにあるフロアには、机《つくえ》やいすがならんでいて、そこでは、頭に小さな双葉《ふたば》のはえたふしぎないきものたちが、ねっしんに本をよんだり、たがいにはなしあったり、しらべものをしたりしているのがみえました。

「あの子たち、なにかの妖精《ようせい》かな。」

ルーチカがいったとき、うしろのほうから声がしました。

「かれらは、『はじまりのたね』。これから地上にうまれるいきものたちの、仮《かり》のすがたなのですよ。」

ふりかえると、そこには若葉色《わかばいろ》のドレスをまとい、エメラルドの杖《つえ》をもったうつくしい精霊《せいれい》がたっていました。精霊は、すけるような肌《はだ》にばら色のほおをした、やさしい顔だちをしています。やわらかな金色のながい髪《かみ》は、ふりそそぐ太陽《たいよう》のひかりをうけて、きらきらとかがやいています。

「あなたは……。」
「わたしはデシマ。はじまりのたねの世界《せかい》をつかさどるものです。」
「精霊《せいれい》ノーナの妹さんね。」

ノッコがいうと、デシマが春風のようにほほえみました。

「あそこにいる、その、はじまりのたねたちは、いったいなにをしているのですか。」

トゥーリがたずねます。

「はじまりのたねたちは、地上にうまれるまえに、やらなければならないたいせつなことがあるのです。かれらはそのために、勉強《べんきょう》したり、しらべものをしたり、たがいにはなしあったりしているのです。ときには、わたしも相談《そうだん》にのったり、アドバイスをすることもあります。」

「やらなければならないたいせつなことって？」

ノッコが首をかしげます。デシマは、ほそくてしなやかなうでをすっとあげて、はじまりのたねたちを指《ゆび》さしました。

「それは、あの子たちに直接《ちょくせつ》きいてごらんなさい。」

「そんなことをしたら、ぼくたちじゃまにならない？」

ソルが、えんりょがちにたずねます。

「だいじょうぶ。みんな、とてもいい子たちです。きっと親切に教えてくれますよ。」

そこで五人は、はじまりのたねたちのほうへちかづいていきました。すると、それに気づいたたねたちが、にこにこしながらはなしかけてきました。

「やあ、地上のなかまたち、こんにちは！」

「こんにちは。きみたち、いったいなにをしてるの？」

ルーチカがたずねると、たねのひとりがこたえました。

「地上にうまれるためのじゅんびをしているんだよ。ぼくたちはみんな、うまれるまえに一冊《さつ》の本を書きあげなくちゃいけないんだ。」

「なんの本？」

「自分が主人公《しゅじんこう》の物語《ものがたり》さ。ぼくたちはここで、地上のことをいろいろとしらべて、自分にふさわしい運命《うんめい》の物語を書きあげるんだよ。ここには世界中《せかいじゅう》のあらゆる知識《ちしき》があつまっているから、なんだってしらべることができるんだ。」

「もしかして、それがパルカの書？」

ソルがたずねます。

「そのとおり。たとえば、どんな場所《ばしょ》にうまれ、どんなものと出会い、どんなできごとを体験《たいけん》し、なにをやりとげるのか、という一生のおおまかな物語《ものがたり》を書いたものが、パルカの書なんだ。」

「そして、地上にうまれると、自分で書きあげた物語どおりのことがおこってくるんだよ。」

となりにいたもうひとりのたねが、はなしをつづけます。

「自分の運命《うんめい》を、自分でつくることができるの？」

ニコがおどろいて、目をまるくします。

「もちろんさ。だって、自分の一生だからね。

だけど、物語どおりのできごとがおこってきても、

そこでどういきるのかは、うまれたあとの自分しだいなんだ。」

「つまり、劇《げき》にたとえると、台本や、舞台《ぶたい》や、登場人物《とうじょうじんぶつ》はきまっていても、主人公《しゅじんこう》の自分がそこでどう演《えん》じるのかは、すべて自分しだいってことなのかな。」

　トゥーリがいうと、はじまりのたねはにっこりわらって、大きくうなずきました。

「そしてもうひとつ、とてもたいせつなことがあるんだ。パルカの書の物語《ものがたり》は、自分のこころがちゃんと成長《せいちょう》できるような内容《ないよう》でないといけないの。からだはたべものをたべれば成長できるけれど、こころというのは、たのしいことやかんたんなことばかりでは成長できないようにできているんだよ。ときには、つらいことや、くるしい経験《けいけん》をしてでも学ばなきゃならないことも、ちゃんと物語のなかにいれていくんだ。きみたちだって、うまれるまえは、はじまりのたねだったし、ここでぼくたちとおなじように、パルカの書を書いていたんだよ。」

ノッコが身《み》をのりだします。

「そうなの!? でもあたし、この場所《ばしょ》にすんでいたことも、自分が書いた物語《ものがたり》のことも、ぜんぜんおぼえてないわよ。」

すると、またちがうたねがいいました。

「わたしたちは、地上にうまれるとき、ここでの記憶《きおく》をすべてなくしてうまれていくのよ。もしも自分がたどる運命《うんめい》がさいしょからわかっていたら、自分でいっしょうけんめいかんがえたり、努力《どりょく》をしたりしなくなってしまうでしょう？ それではこころが成長《せいちょう》できないの。答えがわかっている問題《もんだい》をとくようなものだから。」

「なるほど。」

ノッコがあいづちをうつと、たねはさらにつづけます。

「それに、さいしょから結末《けつまつ》のわかっている物語なんてちっともおもしろくないでしょう？ わたしたちは、地上でいろんな経験《けいけん》をして、ないたり、わらっ

たり、感動《かんどう》したりしながら、こころを成長《せいちょう》させていくものなの。」

はなしをきいていたソルが、ふとおもいついたようにたずねました。

「だけど、こころを成長させることって、そんなにだいじなの？」

たねが、ふかくうなずきます。

「とてもとてもだいじなことよ。わたしたちは、自分と地上のなかまをしあわせにするために、うまれていくの。だけど地上では、こころを成長させなければしあわせになれないようにできているのよ。こころを成長させればさせるほど、わたしたちはたがいにしあわせになれるひみつを、たくさんみつけることができるの。」

ルーチカたちが、ねっしんにはなしをしているあいだに、いつのまにか、まわりにたくさんのたねたちがあつまってきていました。

「いいなあ、きみたち。地上にうまれたんでしょう？」

「ぼくもはやくうまれたいなあ！」

はじまりのたねたちは、あこがれのまなざしで、
ルーチカたちをみつめます。
「きみたちは、どんな物語《ものがたり》を書いているの？」
ルーチカが、あつまってきた
はじまりのたねにたずねました。
「ぼくは、探検家《たんけんか》になる物語を書いているんだ。
どこかにうもれているすばらしい宝物《たからもの》を
みつけだして、みんなにみせてあげたいんだ。
かんがえるだけでわくわくするよ！」
「わたしは、料理人《りょうりにん》になる物語を書いているの。
おいしくて、たのしくて、しあわせなきもちになる
料理をいっぱいつくって、
地上のなかまたちにたべさせてあげたいわ。」

「ぼくは、病気《びょうき》をなおすくすりを発明《はつめい》する物語《ものがたり》を書いているんだ。いまはまだ発明されていないくすりだよ。そのくすりをつかって、病気でくるしんでいるなかまをたすけてあげたいんだ。」

「きみは？」

トゥーリが、そばにいたたねにききました。

「わたしは、音楽家になる物語を書いているのよ。みんながやさしいきもちになれるような音楽をつくって演奏《えんそう》できたら、とてもうれしいわ。」

「ぼくは、星がだいすきだから、天文学者《てんもんがくしゃ》になる物語を書いているよ。

まだだれにもみつかっていない未知《みち》の星を発見《はっけん》して、その星のかがやきを世界《せかい》中《じゅう》の子たちにみせてあげたいんだ。」

はじまりのたねたちが、目をきらきらとかがやかせながら、自分の書いている物語《ものがたり》の内容《ないよう》を教えてくれます。

「地上ってどんなところ？　すみごこちはいい？　ああ、ぼくもはやくうまれていきたいなあ。」

はじまりのたねが、そわそわと、まちどおしそうにたずねると、ニコがこたえました。

「地上はとてもいいところだよ。でも、どうしてわざわざ地上にうまれないといけないの？　ここもずいぶんと、いごこちがよさそうだけれど。」

すると、はじまりのたねが、ためいきをつきました。

「ここには、かなしいこともないかわりに、うれしいこともなんにもない。とてもたいくつな場所《ばしょ》なんだよ。だって、ここには『成長《せいちょう》』というものがないんだから。」

そのとき、どこからか、うつくしいかねが鳴りひびきました。

「ほら、もうすぐ卒業式《そつぎょうしき》がはじまるよ。」

「卒業式？」

「うん、いっしょにみにいこう。」

はじまりのたねたちがいっせいにうごきだしたので、ルーチカたちもあとについていきました。あちこちからいすを引く音がして、机《つくえ》にむかってすわっていたたねたちもつぎつぎにたちあがり、まっすぐにのびているひろいろうかを、おなじ方向《ほうこう》へむかってどんどんとあるいていきます。

しばらくろうかをすすんでいくと、はじまりのたねたちは、りっぱなとびらがひらいた場所《ばしょ》へ、すいこまれるようにはいっていきました。あとにつづいて五人もはいっていくと、なかはひろい講堂《こうどう》になっていて、正面《しょうめん》には舞台《ぶたい》があり、たくさんの客席《きゃくせき》がならんでいました。

かべにそってまっすぐにのびた大理石の柱《はしら》は、たかい天井《てんじょう》をささえ、窓《まど》にはうつくしいステンドグラスがはめこまれています。彫刻《ちょうこく》がほどこされた柱にはランプがともり、講堂《こうどう》のなかをやさしくてらしていました。

正面《しょうめん》の舞台《ぶたい》のうえには、大きなパイプオルガンと演台《えんだい》がすえおかれ、正装《せいそう》のガウンを身《み》にまとった精霊《せいれい》デシマが、すっと背《せ》すじをのばしてたっていました。客席《きゃくせき》の前方の席には、おなじようにガウンを着《き》て、一冊《さつ》の本を手にもったはじまりのたねたちがすわり、ガウンを着ていないはじまりのたねたちは、その一団《いちだん》から数列《すうれつ》あけたうしろの席に、つぎつぎに着席《ちゃくせき》していきます。五人もみんなにつづいて、うしろのほうの席にすわりました。

「なにがはじまるの？」

ルーチカが小さな声でたずねます。

「卒業式《そつぎょうしき》だよ。きょう、地上にうまれる予定《よてい》のはじまりのたねたちが、

これからデシマに送《おく》りだしてもらうんだ。手にもっているのは、書きあげた自分のパルカの書だよ。」

となりにいたはじまりのたねが、ささやくようにこたえます。

そのとき、パイプオルガンが鳴りひびき、希望《きぼう》とよろこびにみちた荘厳《そうごん》な音楽が流《なが》れだしました。それが合図だったのか、卒業《そつぎょう》していくはじまりのたねたちが全員《ぜんいん》たちあがり、前列《ぜんれつ》の右端《みぎはし》から順番《じゅんばん》に、ひとりひとり舞台《ぶたい》のうえへあがっていきました。

はじまりのたねは、デシマのまえにたつと、自分のパルカの書を手わたしました。デシマは、うけとった書の表紙《ひょうし》をひらいて演台《えんだい》のうえにおくと、エメラルドの杖《つえ》で、トントン、とパルカの書を二回たたきました。

すると、どうでしょう。書のなかから、水が湧《わ》きでるように、まぶしいひかりがあふれだしたのです。

ひかりをあびたはじまりのたねは、しだいにからだのりんかくが、ぼんやりとしてきました。デシマが、さっと杖《つえ》をひとふりすると、たねの手のひらのうえに、金色の小箱《こばこ》があらわれました。小箱をうけとったはじまりのたねのからだは、どんどんとうすく透明《とうめい》になっていき、やがてひかりにつつまれて、パルカの書のなかへすいこまれていきました。さいごにデシマが表紙《ひょうし》をとじると、パルカの書はけむりのようにきえてしまいました。

「あの子、どこへきえちゃったの？」

ソルが心配《しんぱい》そうに、はじまりのたねにたずねます。

「きえたんじゃない。地上へうまれていったんだ。」

ノッコも首をかしげます。

「あの金色の小箱は、いったいなんだったの？」

「デシマからのおくりものだよ。ぼくたちはみんな、すてきなおくりものをたずさえて、地上にうまれていくんだ。」

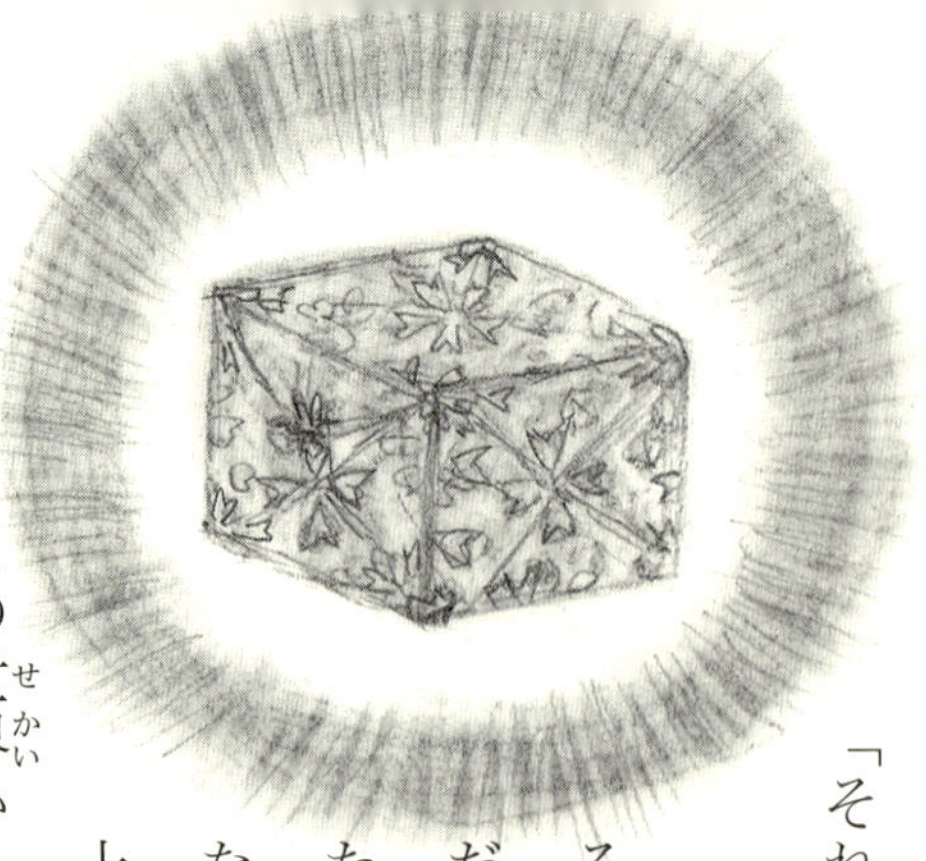

「おくりもの？」

「そう。デシマからのおくりものは、地上では、『才能《さいのう》』とか、『とくいなこと』とか、『長所《ちょうしょ》』なんてよばれているよ。地上に旅《たび》だつとき、デシマはぼくたちが書いた物語《ものがたり》にぴったりのおくりものをくれるんだ。」

「それって、全員《ぜんいん》がもらえるものなの？」

「もちろんさ。ある子は、歌がじょうずだったり、やさしいこころをもっていたり、またある子は、なにかを発明《はつめい》するのがとくいだったり、絵をかくのがすきだったり、運動《うんどう》や計算がとくいだったり、ひとをわらわせることがだいすきだったり……。みんなかならず、自分とひとをしあわせにできるおくりものをもって、地上にうまれていくんだよ。」

この世界《せかい》から卒業《そつぎょう》していくはじまりのたねたちは、つぎつぎに壇上《だんじょう》にあがっては、パルカの書をデシマにわたし、金色の小箱《こばこ》をうけとって、さいごには自分のパルカの書のなかへすいこまれていきます。列《れっ》にならんでいるたねたちは、そわそわしながら、いまかいまかと壇上《だんじょう》にあがるのをまっています。

「みんな、地上にうまれることを、とてもたのしみにしているんだね。」

舞台《ぶたい》のようすをみつめながらソルがいうと、たねがうなずきます。

「そうだよ。ここには、星の数よりずっとおおくのはじまりのたねたちがいる。そして、だれもが地上にうまれることにあこがれながら、ながいながいあいだ、順番《じゅんばん》まちをしているんだ。」

「どうして、そんなにまたなくてはいけないの？」

ニコがたずねると、たねはためいきをつきました。

「地上にすめるいきものの数はきまっているからね。いちどにたくさんうまれていくわけにはいかないんだよ。だから、地上にうまれるってことは、それだけでとっても幸運《こううん》なことなんだ。うまれてしまうと、そのこともぜんぶわすれてしまうらしいけれど。」

そうこうしているうちに、きょううまれる予定《よてい》だったたねたちが、すべて本のなかにすいこまれ、講堂《こうどう》からすがたをけしました。すると、パイプオルガンのかなでる曲《きょく》が、荘厳《そうごん》な曲からしずかでゆるやかな曲にかわりました。

「卒業式《そつぎょうしき》がおわったんだ。」

はじまりのたねがつぶやきました。

しずかに流《なが》れてくる音楽に合わせて、講堂にのこされたはじまりのたねたちは、はしから順番《じゅんばん》にたちあがり、講堂からでていきました。ルーチカたちもそれにつづいて、講堂をあとにしました。

「すてきな卒業式だったね。」

ルーチカがいうと、みんなもうなずきました。

「さて、そろそろぼくたちも、つぎの世界《せかい》にいかないと。」

トゥーリがいいました。

「もういっちゃうの。」

「さびしいよ。」

「もっとゆっくりしていけばいいのに。」

まわりにいたはじまりのたねたちが、なごりおしそうに五人をとりかこみます。

「うん。あんまり時間がないんだ。ごめん。」

「いつかまた、地上で会えるといいな。」

「みんな、元気でね。」

五人は、はじまりのたねたちにわかれをつげると、ノーナにいわれたとおり、つぎに黒い実《み》をたべました。すると、あたりがきゅうに暗《くら》やみにつつまれて、目のまえがまっ暗になりました。

後悔《こうかい》のなみだの世界《せかい》

黒い実《み》をたべたルーチカたちは、気がつくと、うす暗《ぐら》い海の底《そこ》のような場所《ばしょ》にたっていました。あたりには濃《こ》い霧《きり》がたちこめ、ひえびえとした空気につつ

まれています。

「すごくさむい。」

ルーチカがぷるっとふるえました。

「なにもみえないわ。」

ノッコがあたりをみまわします。

「ここはどこなんだろう。」

こころぼそくなってソルがつぶやくと、うしろのほうから、氷《こおり》のようにしんとつめたい声がひびいてきました。

「ここはかなしみの底《そこ》の底。後悔《こうかい》のなみだの世界《せかい》です。」

五人がふりむくと、そこには黒いドレスを身《み》にまとい、黒曜石《こくようせき》の杖《つえ》をもった、青白い顔の精霊《せいれい》がたたずんでいました。精霊は黒髪《くろかみ》をゆらゆらとゆらして、かなしそうな目でルーチカたちをみつめています。

「あなたは……。」

「わたしは精霊《せいれい》モルタ。後悔《こうかい》のなみだの世界《せかい》をつかさどるもの。ここは、人生に後悔をのこしたものたちが流《なが》れつく、かなしみの場所《ばしょ》なのです。」

「後悔をのこしたものたち……。」

モルタはゆっくりうなずきます。

「あなたがたはみんな、こころを成長《せいちょう》させ、自分とひとをしあわせにするために地上へうまれていくのです。けれども、すべての記憶《きおく》をなくしてうまれるために、せっかくあたえられた時間をむだにすごしてしまうものたちもいます。」

モルタは、手にもっていた黒曜石《こくようせき》の杖《つえ》をさっとひとふりしました。すると、たちこめていた霧《きり》が少しずつうすくなりはじめたのです。

ルーチカたちは、あたりに目をこらしました。霧がうすくなり、暗《くら》さにも目がなれてくると、まわりのようすがだんだんとみえはじめました。

その海の底《そこ》のような場所《ばしょ》には、草も木もはえておらず、いきものの気配《けはい》はまったくありません。ただ、こけむした灰色《はいいろ》のガラス玉のようなものが無数《むすう》にちらばり、まるでガラスの墓場《はかば》のように、どこまでもつづいていたのです。そのひっそりとした、ものさびしい光景《こうけい》をみているだけで、五人はなぜだかかなしくなって胸《むね》がつまりそうでした。

「あれをごらんなさい。地上での一生をおえて、うまれるまえの世界《せかい》にもどっ

てきたとき、時間をむだにすごしてしまったことに気づいたものたちの、なれのはてのすがたです。かれらは後悔《こうかい》のなみだを流《なが》しつづけているために、自分のなみだのなかに、とじこめられてしまったのです。」

ルーチカたちは、息《いき》をのんで、ガラス玉のようななみだのかたまりをみつめました。これが『はじまりのたねの世界《せかい》』で、いきいきと目をかがやかせていたあのたねたちだというのでしょうか。それは、にわかにはしんじられないほど、かなしくさびしいすがたでした。

「かれらは、なにを後悔しているのですか？」

トゥーリがたずねると、モルタはいいました。

「そばへいって、かれらのなみだのわけをきいてごらんなさい。」

そこで五人は、しずかになみだのかたまりのほうへ、ちかづいていきました。

ルーチカがそっと、なみだのかたまりを手にとって、なかをのぞきこむと、

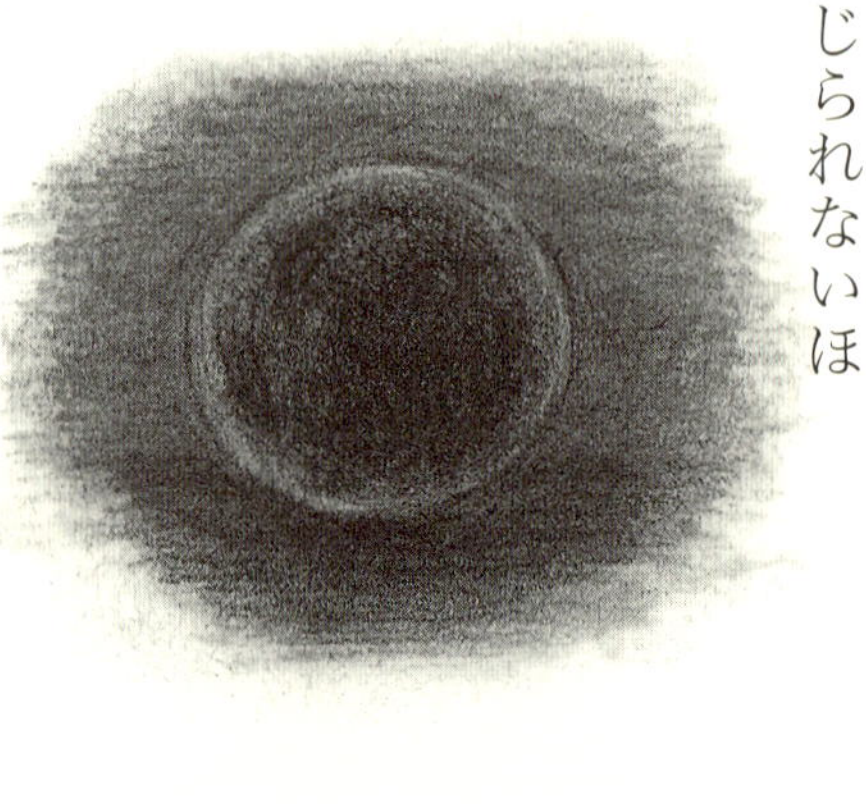

そこには、あのはじまりのたねのおもかげはみじんもなく、ただかたちのさだまらない黒いかげだけが、くるしそうにうごめいていました。耳をすますと、すすりなきや、かなしげなうめき声がきこえてきます。

「どうしてないているの。」

すると、黒いかげはいいました。

「ぼくは地上にうまれたら、病気《びょうき》をなおすくすりを発明《はつめい》して、たくさんのいのちをすくうはずだったんだ。けれども地上にうまれたぼくは、そのことをすっかりわすれて、くすりを発明する努力《どりょく》をしなかった。そのうち、自分がその病気にかかって死《し》んでしまったんだ……。もしも、ちゃんと自分がきめた一生をあゆんでいたなら、自分のいのちも、ほかのたくさんのいのちも、すくうことができたのに……。」

「そうだったの……。」

ルーチカは、なんと声をかけたらいいのか、わかりませんでした。

ほかの四人もそれぞれ、なみだのかたまりを手にとると、黒いかげにはなしかけていきました。黒いかげたちは、なきじゃくりながら、それぞれの一生をかたりはじめました。

「せっかく地上にうまれたのに、ぼくはとちゅうで、自分の夢《ゆめ》をあきらめてしまった。いいわけばかりして、チャレンジしようとしなかったんだ。どうしてもっと、自分の力をしんじることができなかったんだろう。あのとき、もう少しがんばっていれば、夢がかなったかもしれないのに……。」

「わたしは、だいすきだったひとに、自分のきもちをつたえることができないまま死《し》んでしまったの。あのとき勇気《ゆうき》をだして、すなおなきもちをつたえればよかった。そうしたら、しあわせになれたかもしれないのに……。」

「ぼくは、いきているあいだ、家族《かぞく》やともだちをたいせつにしなかった。たくさんのなかまたちを、きずつけてしまった。もっとみんなにやさしくすればよかった。もっと家族をたいせつにすればよかった。死んでしまってからではもう、とりかえしがつかないよ……。」

かなしみにくれる黒いかげたちのなみだは、あとからあとからあふれてきて、けしてかれることはありませんでした。

「かわいそうだね……。」

ソルがつぶやくと、みんなもだまって目をふせました。

それをみていたモルタがいいました。

「かれらが後悔《こうかい》のなみだを流《なが》しつづけるかぎり、なみだのかたまりはどんどんかたくなって、ますますかれらをかなしみのなかにとじこめつづけるのです。でもいつの日か、そのかなしみからたちなおり、あのなかからぬけだすことができたとき、ふたたび地上にうまれるチャンスがめぐってくるでしょう。」

「それって、どれくらいの時間がかかるの？」

ノッコがたずねると、モルタは深《ふか》いためいきをつきました。

「少なくとも、地上での一生よりは長い時間でしょうね。」

「そんなに！」

その時間の長さに、ルーチカたちは気がとおくなりました。そんなにも長い時間、かなしみのなみだのなかにとじこめられつづけることをおもうだけで、五人はせつないきもちになるのでした。

「さあ、あなたたち。そろそろもとの世界《せかい》にもどる時間ですよ。さいごにたべる青い実《み》はなくしていませんね。」

五人は、はっとして、ノーナからもらった青い実をとりだしました。

「これで旅《たび》はおわりです。もとの世界にもどったら、みなさんは自分のパルカの書をみるかどうか、ふたたびノーナからたずねられるでしょう。よくかんがえて、自分にとって後悔《こうかい》のない選択《せんたく》をしなさい。」

ルーチカたちはうなずくと、モルタにわかれをつげて、さいごにのこった青い実をたべました。すると、まぶしいひかりにつつまれて、だんだんとねむくなるように気がとおくなっていきました。

ふたたびもとの世界《せかい》へ

気がつくと、五人は精霊《せいれい》ノーナのすむ館《やかた》へもどってきていました。

「おかえりなさい。」

ふりかえると、ノーナがおだやかにほほえみながらたっています。

「みなさんは、『はじまりのたねの世界《せかい》』と『後悔《こうかい》のなみだの世界』、ふたつの世界をみてきましたね。」

「はい。」

それぞれが、返事《へんじ》をします。

「それでは、もういちどみなさんにたずねます。自分のパルカの書をみたいひとは、一歩まえにすすみでてください。」

けれども、まえにすすみでるものは、だれもいません。

「パルカの書をみるかどうかをえらべる機会《きかい》は、一生にいちどきりです。みなさん、ほんとうにみなくてもよいのですか。」

ノーナがくりかえすと、ルーチカが口をひらきました。

「さいしょは、自分の未来《みらい》をみてみたいとおもったけれど、これからおこることをぜんぶしってしまったら、毎日がとてもつまらなくなっちゃうことに気づいたの。」

ノッコもいいました。

「未来におこることがわかってしまったら、こころが成長《せいちょう》できなくなっちゃうんでしょ。せっかく地上にうまれてこられたのに、そんなのもったいないわよね。」

それをきいたソルも、まじめな顔でうなずきます。

「自分の運命《うんめい》をしることができたら、未来を心配《しんぱい》することはなくなるだろうけど、かわりにわくわくすることもなくなるよね。」

ニコも、きもちをつたえます。

「未来がわかってしまうってことは、さいしょから筋書《すじが》きのわかっている物語《ものがたり》をよむのとおなじだもん。そんなの、ちっともおもしろくないよ。」

トゥーリも、こころをきめたようにいいました。

「未来《みらい》はきっと、なにがおこるかわからないからこそすばらしいんだ。わからないからこそ、わくわくしたり、どきどきしたり、みんなでたすけあったりしながら、ぼくたちは成長《せいちょう》していくんだとおもう。」

全員《ぜんいん》のだした答えをきいて、ノーナはゆっくりとうなずきました。

「わかりました。それではみなさんのパルカの書は、このままわたしがあずかっておきましょう。パルカの書の内容《ないよう》がどうであれ、その主人公《しゅじんこう》であるみなさんがどういきるかは、すべてこれからのみなさんしだいなのです。後悔《こうかい》のないように、一日一日をたいせつにいきなさい。」

ルーチカたちは背《せ》すじをのばし、まっすぐなひとみでノーナをみつめました。

「ところで、さいしょにみなさんがここへやってきたとき、ともだちのたんじょうびをしりたいといっていましたね。」

ルーチカがまえにすすみでました。

「はい。フェリエの国にすむふたごのねこ、ルクルとクプルのたんじょうびがしりたかったんです。いつも親切にしてくれるふたりのたんじょうびを、みんなでおいわいしたいんだけれど、ふたりはいつも、『わたしたちのことはいいのよ。』といって、たんじょうびを教えてくれなくて。それで、ここにくればわかるかとおもって、やってきたんです。」

ノーナははなしをききながら、しばらくなにかをかんがえているようすでしたが、ふいにおもいだしたようにいいました。

「ねこ族《ぞく》というのは、ふたごがうまれると、記念《きねん》に庭《にわ》の木のひとつに、そのこどもたちのなまえとたんじょうびをきざむ習慣《しゅうかん》があるのです。もしも、その木が枯《か》れてしまったり、切りたおされたり、あるいはうまれた家からひっこしを

したりしていなければ、その木がのこっているかもしれません。」

五人は、ルクルとクプルの家のまわりのようすをおもいだしてみました。

「庭《にわ》には、たくさん木があったけれど、なまえとたんじょうびがきざまれていたかどうかはわからないね。」

ソルがかんがえこみます。

「それなら、ルクプルの家までいってさがしてみましょうよ。」

ノッコが提案《ていあん》すると、みんなはそろってさんせいしました。すると、ノーナが、時計を指《ゆび》さしていいました。

「さあ、そろそろ日がくれてくるころです。森が夜のやみにつつまれるまえに、家へおかえりなさい。ここの森は夜になると、時空のゆがみがあらわれてくる、やっかいな場所《ばしょ》なのです。時空のゆがみの穴《あな》におちてしまったら、二度《にど》と森からでられなくなりますよ。」

五人は、あわてはじめました。

「たいへんだ！」

「いそいで森からでよう！」

そのとき、時間の妖精《ようせい》ル・タンが、水晶《すいしょう》の器《うつわ》をもって客間《きゃくま》へはいってきました。器のなかでは、なにかが、ほうっとひかっています。

「さあ、これは暗《くら》やみをてらす『ひかり玉』だよ。この玉のひかりがきえてしまうまえに、この森からはなれるんだ。」

ル・タンは、ルーチカたちにひとつずつ、ひかり玉をわたしていきました。

ひかり玉は、手のひらにのるほどの大きさで、もちあるくのにちょうどよく、みつめていると、ほっとするようなかがやきをはなっていました。

「いろいろとありがとうございました。さようなら！」

五人はノーナとル・タンにわかれをつげると、ひかり玉をもって、かえり道をいそぎました。

たんじょうびのひみつ

ルーチカたちは、どうくつをでると、つりばしをわたり、切りたったがけ道をあるき、岩をのりこえ、野原をよこぎり、川をわたり、山道《やまみち》をのぼってはくだり、ふかい森のなかをどんどんはしっていきました。くるときにつけておいた枝《えだ》の目印《めじるし》のおかげで、かえり道はまようことなくすすむことができました。

やがて、日がとっぷりとくれて星がまたたきはじめたころ、フェリエの森の家のあかりがぽつぽつとみえはじめました。

「ふぅ。なんとか時空の穴《あな》におっこちないで、かえってこられたね。」

「よかったー。」

五人はほっとして、ようやくゆっくりとあるきながら、ことばをかわしました。

「ルクルとクプルのたんじょうびをしることはできなかったけれど、なんだかいろんな体験《たいけん》をしたね。」

ルーチカがはなしかけると、ソルがうなずきました。

「ぼくもあんなふうに、
自分の物語《ものがたり》を書いてうまれてきたのかとおもうと、
ふしぎなきもちになるなあ。」
それをきいたトゥーリが、ふと、
とおい目で夜空をみあげました。
「ぼくたちはもしかしたら、
またみんなと地上で出会う約束《やくそく》をして、
この世界《せかい》にうまれてきたのかもしれないね。」
ニコがうれしそうにいいました。
「きっとそうだよ。ぼくたち、はじまりの
たねの世界で、すごくなかよしだったんだ。
それでみんなとはなれたくなくて、きっとまた
会おうねって約束してうまれてきたんだ。」

ノッコが、いたずらっぽくわらいます。

「どうりでみんなと気が合うとおもったわ。」

それから五人は、それぞれのこころのなかで、自分がはじまりのたねだったときのことを想像《そうぞう》しました。

もちろん、自分がはじまりのたねの世界《せかい》にいたときのことなど、おもいだせません。

けれど、みんなのことをおもいうかべるだけで、なぜだかなつかしくて、
あたたかいきもちがあふれてくるのです。

きっと自分たちは、ふたたびこの地上で出会うために、おなじ時、おなじ場所《ばしょ》をえらんでうまれてきた、

かけがえのないなかまなんだと、ルーチカたちはおもいました。

「さて、すっかり日もくれてしまったけれど、これからルクプルの家までいってみる？」

ルーチカがみんなに相談《そうだん》しました。

「こんなに暗《くら》くなってしまったら、ルクプルの庭《にわ》にいっても、なまえとたんじょうびがきざまれた木は、みつけられないかもしれないよ。」

暗やみをみつめながらソルがいうと、ニコがいいました。

「でも、昼間にいったら、ルクルとクプルにみつかっちゃうよ。」

ノッコも、ルクプルの庭のようすをおもいだしてみます。

「それだったら、かえって暗やみにまぎれたほうが、ふたりにみつからずに木をさがすことができるんじゃない？」

トゥーリがはなしをききながら、あいづちをうちます。

「たしかに夜のほうが、ふたりにみつからないで木をさがせるな。よし、やっぱりこれからすぐに、ルクプルの家にいってみよう。このひかり玉のあかりがあれば、なんとかさがしだせるかもしれない。」

するとルーチカが、手にもっているひかり玉をじっとみつめました。

「でも、みんなでひかり玉をもっていったら、ちょっとめだちすぎない？」

「そうだね。それじゃあ、ぼくのひかり玉をひとつだけもっていこう。みんなは、ぼくのあとについてきて。」

トゥーリがそういうと、四人はうなずいて、そっとひかり玉を地面《じめん》におきました。

すると、足もとの草花がゆれて、なにやらサワサワとささやきあうような声がきこえてきました。目をこらしてよくみると、いつのまにちかくにいたのか、夜のやみにまぎれていたオルゴールの妖精《ようせい》カノンたちが、花や草のあいだからちらほらでてきて、ものめずらしそうにひかり玉のまわりにあつまってきたのです。

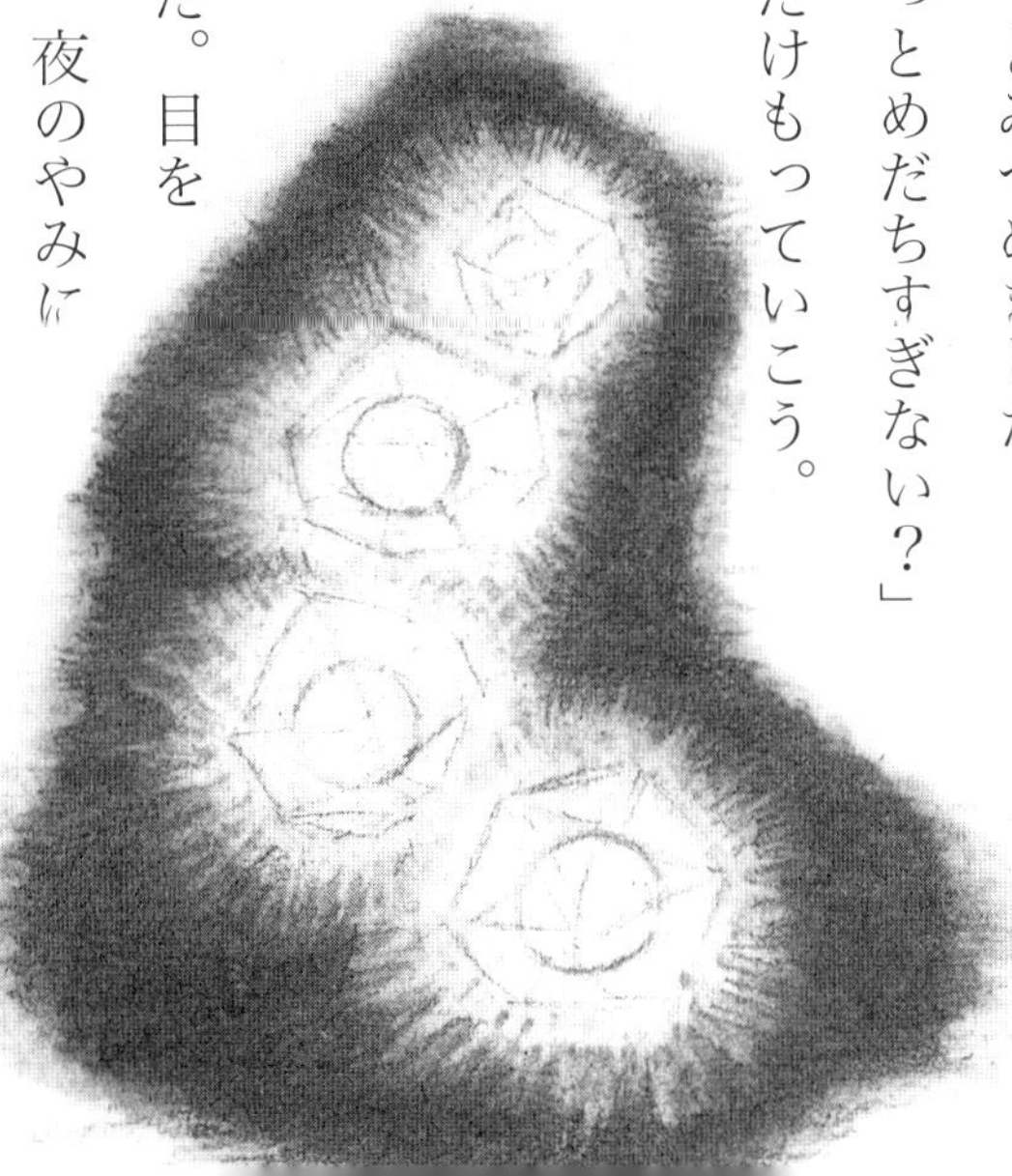

「こんばんは、カノンたち。これがほしいの？　だったら、きみたちにあげる。もうしばらくはひかっているとおもうよ。」

ルーチカがやさしくはなしかけました。カノンたちは、うれしそうにみんなでひかり玉をかかえると、サワサワとささやきあいながら、どこかへはこんでいきました。

「それじゃあいこうか。みんな、足もとに気をつけて。」

こうして五人は、トゥーリを先頭にして、ルクプルの家にむかいました。

フェリエの森では、月あかりがほんのり道をてらしてくれたので、ひかり玉がなくてもあるけないほどではありません。けれども、木にきざまれた文字をさがすとなると、やはり手もとのあかりはひつようでした。

ルーチカたちは、月あかりをあびながらあるきつづけ、ほどなくルクプルの家のちかくまでやってきました。ニコがそっととんでいって、窓《まど》から家のなかのようすをうかがいます。

家のなかでは、ちょうど夕食をおえたルクルとクプルが、紅茶《こうちゃ》をのみながらのんびりとすごしていました。ルクルは本をよみ、クプルはあみものをしています。ふたりとも自分がしていることに集中《しゅうちゅう》していて、そとにでてくるようすはありません。ニコは、みんなのもとへもどってくると、ささやくようにいいました。

「いまならだいじょうぶ。ぼくが窓《まど》のちかくで、ふたりのみはりをしているから、そのあいだにみんなでさがして。」

ニコは、ふたたび窓のほうへとんでいきました。

ルーチカたちは、身《み》をひくくしながら、ぬき足、さし足、庭《にわ》のなかへとはいっていき、家のまわりにある木を一本一本しらべはじめました。

トゥーリが、マントのしたにひかり玉をかくしながら木までちかづいていき、幹《みき》にそっとひかり玉をかざします。みんなは木に顔をちかづけ、目をこらしてそこに文字がきざまれていないかどうか、さがしていきます。

一本め、二本め……文字がきざまれている木は、なかなかみつかりません。

三本め、四本め。そのとき、家のなかにいたルクルが顔をあげて、いすからたちあがり、窓《まど》のほうへちかづいてきたのです。

みはりをしていたニコが、あわててみんなのほうへとんできました。

「みんな、かくれて！」

ルーチカたちは、いそいでそばにあったしげみのなかへかくれました。

「どうしたの？　ルクル。」

窓をあけて、そとをみつめているルクルに、クプルが声をかけました。

「窓のそとで、なにかがひかったようにみえたんだけど。」

トゥーリがあわてて、ひかり玉をマントのなかへかくします。

ルクルはふしぎそうに、あたりをきょろきょろとみまわしています。

「なにもないわ。」

「気のせいじゃない？　窓をあけているとさむいわ。」

「ああ、ごめんね。やっぱり気のせいみたい。」

ルクルは窓《まど》をしめると、ついでにカーテンもしめました。

みんなはほっと胸《むね》をなでおろし、ふたたび文字のきざまれた木をさがしはじめました。

五本め、六本め……なかなか文字はみつかりません。もしかしたら、ふたりがうまれた家は、べつの場所《ばしょ》だったのかも……。それとも、木が枯《か》れちゃったのかな……。ルーチカたちがこそこそとそんな会話をしはじめたとき、うえのほうをさがしていたニコが、興奮《こうふん》したようすで、けれどできるだけ声をおさえながらいいました。

「みて！　ここになにか文字がきざんである！」

トゥーリがその場所へ、ひかり玉をちかづけます。

みんなは背《せ》のびをして、木の幹《みき》に顔をちかづけ、くいいるようにみつめます。

（あった！）

そこには、ルクルとクプルのなまえと、ふたりのうまれた日にちがたしかにきざまれていました。けれども、それをみたしゅんかん、五人ははっとして、たがいに顔をみあわせました。それから、そっと、ルクプルの庭《にわ》をはなれました。

「なるほど……。つまり、そういうわけだったんだね。」

かえり道、ルーチカがしずかに口をひらきました。みんなもだまったまま、うなずきます。

「だからふたりは、ずっとたんじょうびをかくしてたのね。」

ノッコが、ためいきまじりにいいました。空には銀色《ぎんいろ》の星たちが、きらきらとまたたいています。

「さて、これからどうしようか。」

トゥーリがなにかをかんがえながら、夜空をそっとみあげました。

さびしい年こし

十二月三十日がやってきました。フェリエの国では、新しい年をむかえるじゅんびを三十日までにおわらせて、三十一日の夜には「年こしのパーティー」をひらきます。年こしのパーティーでは、家族《かぞく》やなかまたちがあつまって、ごちそうをたべたり、来年の運勢《うんせい》を占《うらな》う「トレフル・デタン」というあそびをしながら、新しい年をむかえるのです。

ルクルとクプルの家でも、毎年ルーチカたちがあつまって、年こしのパーティーをひらいていました。ごちそうをつくる担当《たんとう》は、もちろんルクルとクプルです。みんなは、毎年ふたりのつくるパーティー料理《りょうり》をとてもたのしみにしていました。

「今年も、はりきってごちそうをつくらなきゃね。明日《あした》のパーティーは、どんなメニューにしようかしら。」

ルクルとクプルが、あれこれ料理の相談《そうだん》をはじめました。メニューがきまったら市場《いちば》にでかけて、食材《しょくざい》をかいにいきます。それから料理の仕込《しこ》みをしたり、みんなをむかえるじゅんびをしたり、年末《ねんまつ》はいつも大いそがしです。

パーティーのメニューもきまり、市場《いちば》でかうものをあれこれ書きだしていたときでした。

コンコン
ドアをノックする音がきこえました。

「だれかしら。」

ルクルとクプルがドアをあけると、そこにはルーチカがたっていました。

「あら、こんにちは、ルーチカ。」

ふたりがあいさつすると、ルーチカがいいにくそうに口をひらきました。

「あのね、今年の年こしのパーティーなんだけれど、きゅうに参加《さんか》できなくなっちゃったんだ。」

ふたりはおどろいて、顔をみあわせました。

「なにかあったの？　ルーチカが参加できないなんて。」

ルーチカは、もじもじしながらしたをむきました。

「ええと、どうしてもはずせないたいせつな用事《ようじ》ができちゃって……。」

それをきいたふたりは、ざんねんそうにいいました。

「ルーチカがいないとさびしいけれど、たいせつな用事ならしかたがないわ。」

「ほんとうにごめんね。それじゃあ、よいお年を。」

「ルーチカも、よいお年を。」

ルーチカはぺこりとおじぎをすると、そそくさとかえっていきました。

ふたりは、ふたたびテーブルにつきました。

「ルーチカが参加《さんか》できないなんて、さびしいわ。」

「こんなこと、はじめてよね。」

「パーティーの参加者《さんかしゃ》は、ソル、トゥーリ、ニコ、ノッコ、それにわたしたちふたりの六人。」

「ひとりぬけただけなら、メニューの変更《へんこう》はしなくていいかな。」

ふたりが料理《りょうり》の相談《そうだん》をしていると、

「こんにちは。」

玄関《げんかん》のほうからまた声がしました。

ふたりがでてみると、こんどはソルがたっていました。

「あら、こんにちは、ソル。」

するとソルが、そわそわとおちつかないようすでいいました。

「あのね、明日《あした》の年こしパーティーに、参加《さんか》できなくなっちゃったの。」

「ええっ、ソルも!?」

ふたりは声をあげました。

「ごめんね。きゅうにだいじな用事《ようじ》ができちゃって……。」

ソルが、小さくなって頭をかきます。

「そうなの。ざんねんだけど、だいじな用事ならしかたがないわ。」

ルクルとクプルがためいきまじりにいいました。

「ほんとうにごめんね。ふたりとも、よいお年を。」

「ソルも、よいお年を。」

ドアをしめたふたりは、テーブルにもどりました。

「またひとり、へっちゃったわ。」

ルクルが、さびしそうに目をふせます。

「今年のパーティーのメニュー、ちょっとかえる？」

「そうね……メニューはそのままで、量《りょう》だけかえましょう。」

ふたりは、たべのこしがでないように、食材《しょくざい》の量をかえました。それからふたたびメニューをみなおし、紅茶《こうちゃ》をのみながらひといきついていると、また玄《げん》関《かん》のドアをたたく音がしました。

ふたりがでてみると、こんどは、トゥーリにニコ、それにノッコがたっています。

「みんなでそろって、いったいどうしたの？」

すると、トゥーリがもうしわけなさそうにいいました。

「ぼくたち、明日《あした》の年こしのパーティーに参加《さんか》できなくなってしまったんだ。」

「ええっ。どうして!?」

「きゅうに、だいじな用事《ようじ》ができちゃったの。ごめんね。」

ノッコがぺこりと頭をさげると、うさぎのかぶりものの耳も、ぺこりとおじぎをしました。

ルクルとクプルは、さびしそうに目をふせました。

「だいじな用事なら、しかたがないわ。」

「ほんとうにごめんね。今年もいろいろとありがとう。ふたりとも、よいお年を。」

「よいお年を……。」

ふたりは、みんなのうしろすがたをみ送《おく》ると、ぼんやりとテーブルにつきました。

「今年は、わたしたちだけの年こしになっちゃった。ごちそうをつくろうとおもってたけれど、なんだか気がぬけちゃったわ。」

「たべてくれるひとがいないとおもうと、つくる気もおきないわね。」

ルクルは、メニューの紙をそっとごみ箱《ばこ》へすてました。

「今年はもう、パーティー料理《りょうり》をつくるのはやめにしましょう。」

「そうね。いつもどおりの、ふつうの食事《しょくじ》でいいわよね。」

ふたりは、しずかに窓《まど》のそとをみつめました。いつのまにか、寒々《さむざむ》とした灰《はい》色《いろ》の雲が、ひくく空にたれこめています。

「今夜は雪がふりそうだわ。」

つめたい風が、庭《にわ》の木の枝《えだ》をゆらし、わずかにのこっていた枯《か》れ葉《は》をどこかへはこびさっていきました。

新しい年

三十一日がやってきました。きのうまでのあわただしさがうそのように、フェリエの森は、おだやかな空気につつまれていました。どこの家も、すでにそうじをすませ、新年のかざりのペルマナンも戸口にかざりおえて、年こしのパーティーのじゅんびをはじめていることでしょう。

毎年、朝からいそがしく料理《りょうり》にとりかかるルクルとクプルも、今年はなにもすることがなく、時間をもてあましていました。そこでふたりは、家のそばにひろがるカシュカシュの森を散歩《さんぽ》することにしました。

夜のあいだにあらたにふった雪が、森全体《ぜんたい》をやわらかな白銀《はくぎん》にぬりかえていました。枝《えだ》につもった雪がおひさまにてらされて、きらきらとかがやいています。日のひかりにさそわれてとんできた小鳥たちの歌声が、ふりそそぐようにきこえてきます。

ふたりは、澄《す》んだ空気につつまれた森のなかを、ゆっくりとあるいていきました。一歩ふみだすたびに、さくっ、さくっと、雪をふみしめる音がひびきま

す。

「そういえば、まえにこの森で、ルーチカたちと『秋のおくりものさがし』をしたことがあったわね。」

あるきながら、ルクルがいいました。

「紙に書いてあったヒントをたよりに、秋にみのるたべものを、森のなかへさがしにいくあそびね。」

「そうそう。そしてさいごに、秋の木の実《み》やベリーでつくったおかしをみんなでたべたわよね。あのときは、たのしかったなあ。」

みんなの笑顔《えがお》をおもいだして、ルクルがしずかにほほえみました。

森のなかにあるふるい井戸《いど》のまえをとおりすぎ、ゼラニウムのしげみや、ブナの木の林をとおりぬけました。ふたりは、小川にかかった橋《はし》のうえで足をとめて、こおりついた水面《すいめん》のしたを流《なが》れていく水を、ぼんやりとみつめました。

「こんなにしずかな三十一日をすごすのは、はじめて。」

ルクルがぽつりといい、クプルもしずかにうなずきます。

「いつもは料理《りょうり》をつくるのに、朝から大いそがしだものね。」

「みんながいてくれることが、あたりまえのようにおもっていたけれど、ふたりだけになってみると、それがどれだけしあわせなことだったのかが、よくわかるわ。」

「みんながよろこんでくれることがうれしくて、いつも料理をつくっていたけれど、おくりものをもらっていたのは、わたしたちのほうだったのかもしれないわね。」

ふたりは、しょんぼりと肩《かた》をおとしました。

はく息《いき》は白く、じっとしていると、さむさがしんしんと身《み》にしみてきます。

ゆるんだマフラーをまきなおして、ふたりはふたたびあるきだしました。

橋《はし》をわたり、林をぬけて、さらに森のおくへとあるいていきました。しばらくいくと、大きくてふるい桃《もも》の木がありました。ふたりが桃の木のまえをとお

りすぎようとしたとき、どこからか、澄《す》んだ歌声がきこえてきました。

「あら?」

ルクルとクプルがおもわずたちどまり、耳をすませていると、
ころころころ……

ふたりの足もとに、赤くてまるいものが、ころがりおちてきました。

ルクルがそっとひろいあげると、桃《もも》の木の妖精《ようせい》の桃胡《ももこ》が、もそもそとかわいらしい顔をのぞかせたのです。

「まあ、こんにちは、桃胡《ももこ》。この森の桃の木にあそびにきていたのね。さむく

ない？」

桃胡《ももこ》が「くしゅんっ。」と小さなくしゃみをしたので、ルクルがマフラーをはずして、桃胡《ももこ》をやさしくくるんであげました。

「よかったら、うちでいっしょに年こしをしない？」

「なにか、あたたかいものをつくってあげる。」

ふたりがはなしかけると、桃胡《ももこ》がうれしそうにからだをゆらしたので、桃胡《ももこ》をそっとだきしめながら、ふたりは家へむかってあるきだしました。


一年のさいごの一日も日がくれて、あたりがゆうやみにつつまれ、気のはやいお星さまが、ちらちらとまたたきはじめました。おひさまがしずむと、空気がいっそうじんとつめたくなりました。ふたりは、暖炉《だんろ》にたくさんまきをくべて、へやをあたためました。オレンジ色の炎《ほのお》がゆらゆらとゆらめき、ぱちぱちとまきのはぜる音がきこえてきます。

「さて、夕ごはんのしたくをしましょうね。今年はさびしい年こしになるとおもっていたから、桃胡《ももこ》がいてくれてうれしいわ。」

「きょうはごちそうのかいだしにいかなかったから、ちょっとしたものしかつくれないけれど、からだのあたたまる料理《りょうり》をつくりましょうね。」

ふたりがはなしかけると、桃胡《ももこ》がにこにこしながら、からだを左右にゆらしました。

ルクルとクプルが台所《だいどころ》にはいり、料理をつくりはじめようとしたときです。

コンコンコン

だれかが家のドアをノックしました。

「あら、こんな時間にだれかしら。」

ふたりは首をかしげました。そうして、ドアをあけると、どうでしょう……。

ルーチカたち五人が、両手《りょうて》いっぱいにごちそうをもって、たっているではありませんか。

おどろいて声のでないふたりをみて、ルーチカが元気よくいいました。

「こんばんは！　今年はぼくたちが、年こしパーティーのごちそうをつくってきたよ！」

ノッコも声をはずませます。

「いつもふたりにあまえてばかりだから、今年はあたしたちでこっそり料理《りょうり》をつくって、ふたりをおどろかせようって計画したの！」

ルクルとクプルの顔が、みるみるあかるくなっていきます。

「ああ、びっくりした！」

「とってもうれしいわ。さあみんな、なかへはいって！」

五人は家のなかへはいっていくと、手にもっていたごちそうを、つぎつぎにテーブルのうえへならべていきます。そのときノッコが、テーブルのうえにちょこんとすわっている桃胡《ももこ》に気がつきました。

「桃胡《ももこ》もあそびにきてたんだ！」

「こんばんは、桃胡《ももこ》！」

みんながうれしそうに、桃胡《ももこ》のまわりにあつまります。

「桃胡《ももこ》はしあわせをはこんでくる妖精《ようせい》だから、来年もきっとすてきな年になるね。」

トゥーリがわらいかけると、桃胡《ももこ》はうれしそうにほおをもも色にそめました。

みんながテーブルにつくと、さっそく年こしのパーティーがはじまりました。

「今年も一年、ありがとう。」

「かんぱーい！」

みんなはそれぞれ、ジュースのはいったグラスでかんぱいをしました。ルクルとクプルは、テーブルにひろげられたごちそうに、目をかがやかせます。

「とってもおいしそう！　これ、わたしもはじめてみる料理《りょうり》だわ。」

「色やかたちがとてもきれいね。」

ルーチカが、顔をほころばせていいました。

「これは『おせち料理』っていうの。『ひとびとの国』で、新しい年をむかえるときにたべる料理なんだよ。おせち料理には、新しい年のしあわせをねがって、いろいろなおめでたい意味《いみ》がこめられているんだ。

たとえばこれは、『紅白《こうはく》かまぼこ』。紅白という色は、ひとびとの国ではおめでたい色で、かたちは日の出をあらわしているんだって。」

となりにいたソルも、器《うつわ》のなかの料理を説明《せつめい》します。

「これは、『くりきんとん』。あざやかな黄色のくりきんとんは、黄金色《こがねいろ》にかがやく財宝《ざいほう》にたとえられているらしいよ。」

ノッコもはなしをしたくてまちきれません。

「みてみて！　これは『くろまめ』。毎日元気よく、まめにはたらけるよう

くりきんとん
紅白かまぼこ
たづくり
くろまめ
こぶまき
だてまき

に、っていうねがいがこめられているのよ。」

ほかにも、色とりどりの、めずらしい料理《りょうり》が、たくさんならんでいます。どれも、ほんとうにおいしそうです。

「一つひとつに、おめでたい意味《いみ》がこめられているなんて、すてきな料理ね。」

ルクルとクプルも、すっかり気にいったようです。おせち料理の説明《せつめい》をしているうちに、おなかがぺこぺこになってきたルーチカたちは、さっそくおせち料理をそれぞれの小皿《こざら》にとりわけて、たべはじめました。

「おいしい！」

「これは、なんだかかわった味《あじ》だなぁ。」

「これ、おかしみたいにあまいよ！」

「ひとびとは、こういうものをたべているんだねぇ。」

みんな、はじめてたべる料理に大さわぎです。

「それにしても、いったいどうやって、

こんな料理《りょうり》のつくりかたをしったの?」

ルクルがふしぎそうにたずねると、ルーチカがいいました。

「ぼくが『ひとびとの国』へあそびにいったときに、おせち料理の本をひろってきたの。本には、料理のつくりかたや、ひとびとがどうやって新しい年をむかえるのかものっていて、すごくおもしろかったよ。」

クプルが、きょうみしんしんでたずねます。

「ひとびとの国のひとたちは、どんなふうに新しい年をむかえるの?」

すると、ソルがこたえました。

「ひとびとの国では、年のはじめのことを、『お正月』っていうんだって。お正月には、『歳神様《としがみさま》』という新年の神様が、一年の幸福《こうふく》をはこんでくるといわれているんだ。そのたいせつな歳神様を家におむかえするために、まず、年末《ねんまつ》になると、ひとびとは家じゅうをいつもよりていねいにそうじするんだ。」

はなしをききながら、ルクルがあいづちをうちます。

「大がかりなそうじを年末《ねんまつ》にするところは、わたしたちの国とおなじね。」

トゥーリがうなずいて、はなしをつづけます。

「そしてひとびとは、その歳神様《としがみさま》のために、『門松《かどまつ》』を家の門やとびらにかざるらしい。門松は、ひとびとの国で幸福《こうふく》のシンボルといわれている松や竹、梅《うめ》、南天《なんてん》などでつくられたもので、歳神様はその門松を目印《めじるし》にして天からおりてくるといわれているんだ。」

クプルが、ドアのほうへちらりと目をやります。

「わたしたちの国でも、新しい年の幸運《こううん》をねがって、ペルマナンをドアにかざるわよね。ペルマナンにつかう材料《ざいりょう》も、昔《むかし》から聖《せい》なる植物《しょくぶつ》といわれているものだわ。ひとびとの国とにているわね。」

ルーチカたちはごちそうをたべながら、あれこれおしゃべりに花をさかせて、たのしいひとときをすごしました。

ごちそうをたべおえ、おしゃべりが一段落《いちだんらく》すると、ルクルとクプルがおくのへやからなにかをもってきて、テーブルのうえにおきました。

「さあ、もうすぐ今年もおわりよ。そろそろ『トレフル・デタン』の占《うらな》いをはじめましょう！」

テーブルのうえにならべられた錫《すず》の四《よ》つ葉《ば》のクローバーをみたルーチカたちは、おおいにもりあがりました。

「よし、やろう。」

「やろう！」

さっそくわいわいと、トレフル・デタンのじゅんびをはじめました。

トレフル・デタンというのは、一年のさいごの日に、家族《かぞく》やなかまたちといっしょにやる運勢占《うんせいうらな》いのことです。まず、錫でできた四つ葉のクローバーを、おたまのなかにいれて火であぶってとかします。錫がとろとろにとけたら、それをつめたい水のなかにさっと流《なが》しいれて、ひやしてかためます。そのときにできる錫のかたちをよみときながら、来年の運勢を占うのです。

ルーチカたちは、さっそくおけに水をはり、おたまを用意《ようい》しました。それから順番《じゅんばん》に錫《すず》のクローバーをいれたおたまを火にかけて、とろとろになるまでとかし、すっかりとけたらすばやく水のなかに流《なが》しいれました。

錫がひえてかたまると、水のなかからとりだします。その錫のかたちは、動《どう》物《ぶつ》のようにもみえましたし、たべもののようにもみえましたし、なにかの道具《どうぐ》のようにもみえました。

それぞれ占《うらな》い用《よう》の錫ができあがると、七人はふたたびテーブルにつきました。キャンドルをともしてへやのあかりをけし、キャンドルのあかりに自分の錫をかざしました。すると、家のかべに錫のかげがくっきりとうかびあがり、そのかげのかたちをみながら、たのしい占いがはじまったのです。

「ぼくの錫は、さかなみたいにみえるよ。」

かべにうかびあがったかげをみながら、ルーチカがいいました。それをきいたルクルが、錫占いの紙をよみはじめました。

「えーと、さかなのかたちは、いいしらせがまいこむしるし、って書いてあるわ。」

ルーチカの目が、かがやきます。

「いいしらせ？　いったいなんだろう。たのしみだなあ！」

そばにいたノッコも、うずうずしてまちきれないようすです。

「ねえねえ、あたしの錫《すず》は、りんごのかたちにみえない？」

ねっしんに、自分の錫をキャンドルにかざします。

こんどはクプルが、紙をよみあげます。

「りんごのかたちは、ながいきできるしるしって書いてあるわよ。」

ノッコはとびあがってよろこびました。

「やったー！　あたし、テールおじいさんみたいにながいきするわよ！」

ソルは自分の錫のかたちをまじまじとみて、ひらめいたようにいいました。

「ぼくの錫は、スプーンのかたちにみえるよ。」

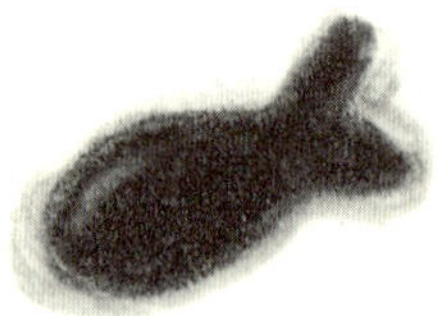

「スプーンのかたちは、おいしいものがいっぱいたべられるしるしですって。」

ルクルがいうと、ソルはもう大よろこび。

「うれしいなぁ！　来年もおいしいものを、いっぱいたべるぞ！」

「ねぇねぇ、ぼくのはなんのかたちにみえる？」

ニコが、そわそわしながらたずねます。

「そうだなぁ……うん、かごのかたちにみえるよ。」

トゥーリが、かべにうつったかげをじっとみながらこたえると、クプルが紙をよみました。

「かごのかたちは、新しいともだちがふえるしるしらしいわ。」

「新しいともだち！　来年はいったいどんな子と出会えるんだろう！」

ニコがうれしそうにとびまわりました。

「ぼくの錫《すず》は、馬のかたちみたいにみえるな。」

トゥーリも自分の錫をキャンドルにかざして、いろんな角度《かくど》からながめま

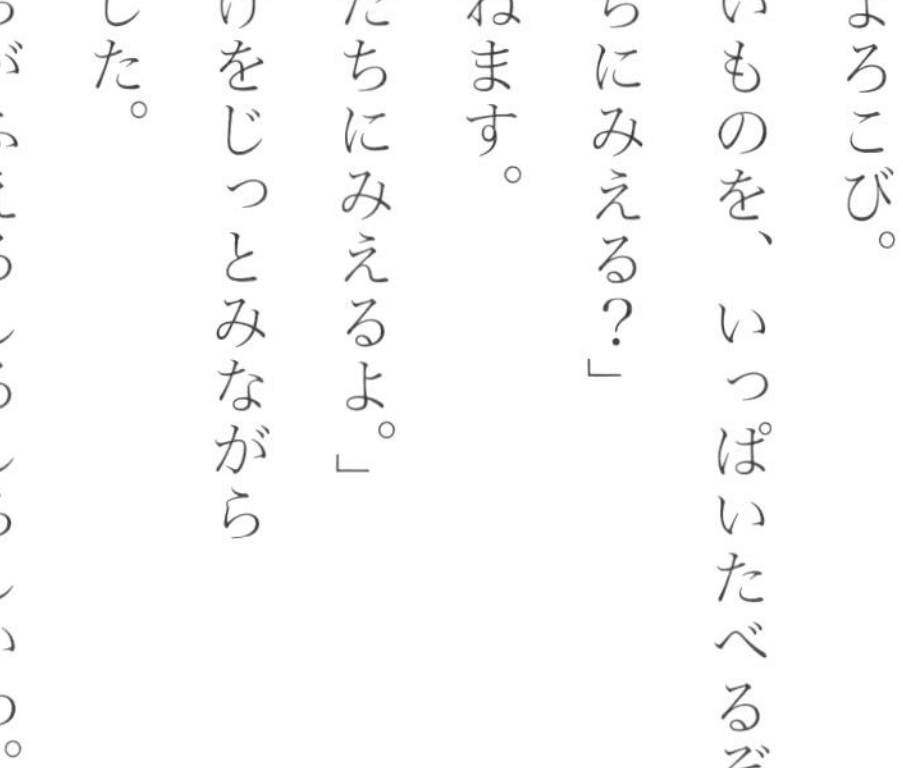

す。ルクルが紙のなかから馬をさがしました。

「馬は、旅《たび》さきですてきなことに出会えるしるしみたいよ。」

トゥーリがにっこりわらいます。

「旅か。それはいいね。しばらく旅をしていないから、たまにはどこかにでかけてみようかな。」

さいごに、ルクルとクプルが、自分たちの錫《すず》をキャンドルにかざしました。

「わたしのは、ちょうちょのかたちにみえるわ。」

「わたしのは、お花のかたちかな。」

すると、ルーチカが占《うらな》いの紙をよみあげました。

「ちょうちょは、なにかいい変化《へんか》がおきるしるしで、花は、おもいがけないおくりものがもらえるしるしらしいよ。」

「まぁ、いったいなにがおこるのかしら。」

「たのしみね。」

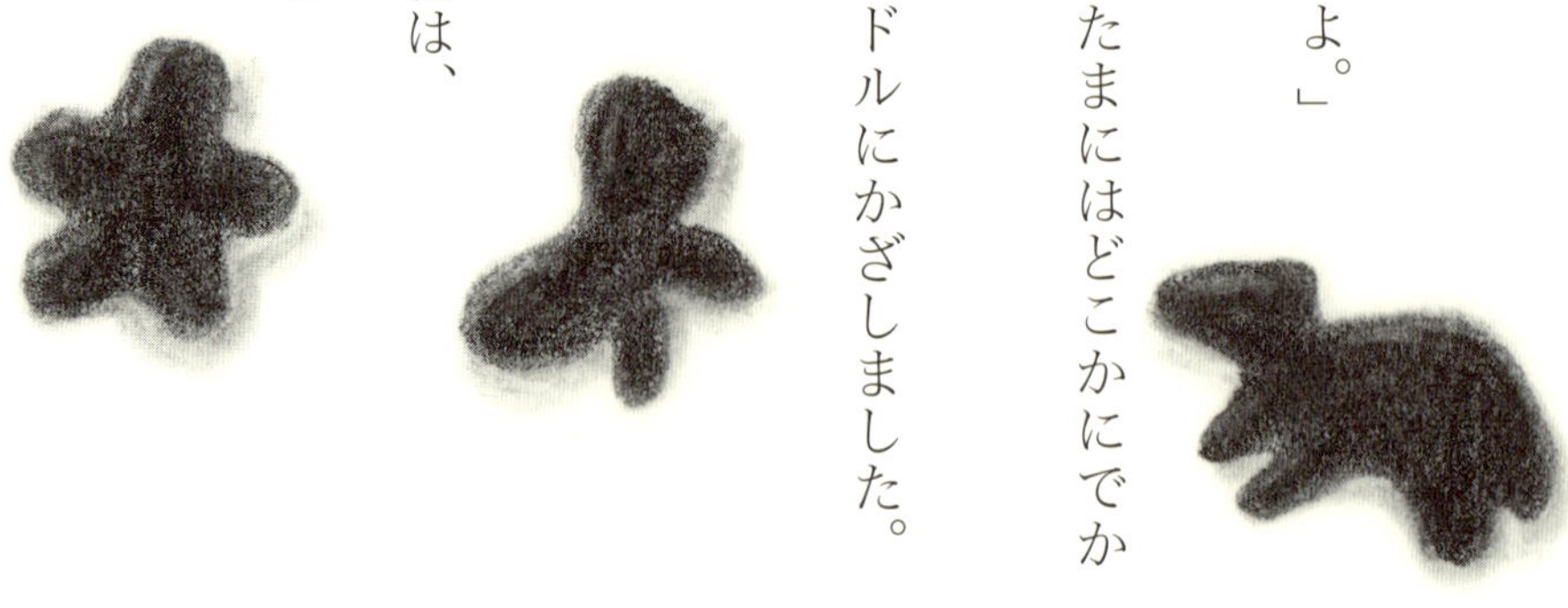

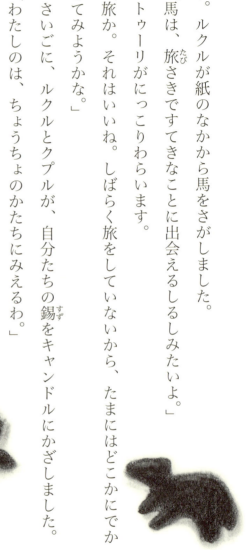

ルクルとクプルが、にこにこしながら顔をみあわせました。

みんながトレフル・デタンをおえたころ、ちょうどそとから時計塔《とけいとう》のかねの音がきこえてきました。

時計をみると、あっというまに夜中の十二時ちかくになっています。

カラーン　カラーン　カラーン　カラーン
「もうすぐ年が明けるね。」

ルーチカがいいました。

フェリエの国では、年が明ける少しまえから、とおくにある大きな時計塔のかねが鳴りはじめます。かねは、ぜんぶで十二回鳴らされ、それがおわると新しい年がやってくるのです。

みんなは、きゅうにしずかになって、かねの音に耳をすませました。

カラーン　カラーン　カラーン　カラーン
こころのなかで、かねの音をかぞえていきます。

カラーン　カラーン　カラーン　カラーン……

時計塔《とけいとう》のかねが、きっかり十二回鳴りひびき、
フェリエの国に新しい年のおとずれをつげました。

「新しい年、おめでとう。」

「おめでとう！」

「今年もどうぞよろしくね。」

みんなが笑顔《えがお》で新年のあいさつをかわします。

そのとき。どこからか、かすかな音楽がきこえてきました。

冬の雪のようにきよらかで、しずかでうつくしい音色です。

「ねぇ、きれいな音楽がきこえてくるわ。」

「庭《にわ》のほうからきこえてくるみたい。」

ルクルとクプルが耳をすましました。

みんなもじっと耳をすましてみると、たしかに音楽が庭のほうからきこえて

きます。

「ね、ちょっと、そとへでてみようよ。」

ルーチカがみんなをさそいました。

「うん、いってみよう。」

そとへでてみると、家のなかにいるときよりも、はっきりと音楽がきこえてきました。けれども、あたりにはなにもみあたりません。

「ふしぎだわ。たしかにきこえるのに。」

ルクルが、つぶやいたときでした。

しずかに流《なが》れていた音楽が少しずつ大きくなっていき、やがて、ききおぼえのある曲《きょく》にかわっていきました。それをきいたルクルとクプルは、はっとして、みんなの顔をみつめました。すると、曲に合わせてルーチカたちが、うたいだしたのです。

年に　いちどの　たんじょうび
うれしいな　たのしいな
キャンドル　ともして
おいわいしよう
おたんじょうび　おめでとう

みんなの笑顔《えがお》　かがやいて
うれしいね　たのしいね
お歌を　うたって
おいわいしよう
おたんじょうび　おめでとう

「ルクルとクプル、おたんじょうび、おめでとう！」

「おめでとう！」

うたいおえると、ルーチカたちが、かくしもっていたクラッカーを景気《けいき》よく鳴らしました。ノッコが、庭《にわ》にかくしておいたバースデーケーキにキャンドルをともして、はこんできました。

すると、キャンドルのあかりにてらされて、草のなかにかくれていた妖精《ようせい》たちが、つぎつぎに出てきました。小さなオルゴールの妖精、カノンの楽団《がくだん》です。

「みんな、いったい、どうして……。」

ルクルとクプルはなみだがあふれてきて、そのさきはもう、ことばになりません。ルーチカが、にっこりわらいました。

「ねこ族《ぞく》にふたごのこどもがうまれると、庭《にわ》の木になまえとたんじょうびをきざむ習慣《しゅうかん》があるってきいて、ふたりの庭をさがしてみたんだ。」

ソルもいいました。

「いつもぼくたちのために、年こしのパーティーをひらいてくれていたから、自分たちのたんじょうびが一月一日だっていえなかったんだよね。いままで気をつかわせちゃってごめんね。」

ケーキをもってきたノッコが、ふたりのまえにすすみでます。

「さあさあ、ふたりで

キャンドルの火をけして！」

ルクルとクプルはなみだをふいて、
キャンドルの火をいっきにふきけすと、
みんなからいっせいに
拍手《はくしゅ》がわきおこりました。

「さあ、これからふたりのたんじょうびをおいわいしよう。ぼくがラピナの笛《ふえ》で、すてきな曲《きょく》をプレゼントするよ。」

トゥーリが、ラピナの笛をとりだして、ふわりとほほえみました。

それからみんなは家のなかにもどって、あらためてふたりのたんじょうびパーティーをはじめました。サプライズパーティーに協力《きょうりょく》してくれたカノンたちも、もちろん招待《しょうたい》しました。

ルクルとクプルは、おいしいケーキをごちそうになったり、トゥーリのすばらしい笛の演奏《えんそう》をきいたり、みんなといっしょにうたったり、おどったりしました。もちろん、たんじょうびプレゼントもたくさんもらいました。

けれどもふたりにとって、なによりうれしいプレゼントは、だいすきなみんなといっしょにすごせる、このしあわせな時間でした。

かんのゆうこ
東京都生まれ。東京女学館短期大学文科卒業。児童書に、「はりねずみのルーチカ」シリーズ、「りりかさんのぬいぐるみ診療所」シリーズ（ともに絵・北見葉胡）、「ソラタとヒナタ」シリーズ（絵・くまあやこ）、絵本に、『はこちゃん』（絵・江頭路子）、プラネタリウム番組にもなった『星うさぎと月のふね』（絵・田中鮎子）（以上、講談社）などがある。令和６年度の小学校教科書『ひろがることば 小学国語 二上』（教育出版）に、絵本『はるねこ』（絵・松成真理子／講談社）が掲載される。

北見葉胡（きたみ・ようこ）
神奈川県生まれ。武蔵野美術短期大学卒業。児童書に、「はりねずみのルーチカ」シリーズ、「りりかさんのぬいぐるみ診療所」シリーズ（ともに作・かんのゆうこ／講談社）、絵本に、『マーシカちゃん』（アリス館）、『マッチ箱のカーニャ』（白泉社）、など。ぬりえ絵本に『花ぬりえ絵本 不思議な国への旅』（講談社）がある。2005年、2015年に、ボローニャ国際絵本原画展入選、2009年『ルウとリンデン　旅とおるすばん』（作・小手鞠るい／講談社）が、ボローニャ国際児童図書賞受賞。

わくわくライブラリー
はりねずみのルーチカ
フェリエの国《くに》の新《あたら》しい年《とし》
2018年10月16日　第1刷発行
2024年 2 月26日　第3刷発行
作　者　かんのゆうこ
絵　　北見葉胡《きたみようこ》
装　丁　丸尾靖子
発行者　森田浩章
発行所　株式会社 講談社
〒112−8001 東京都文京区音羽2−12−21
編集 03(5395)3535　販売 03(5395)3625　業務 03(5395)3615
KODANSHA
印刷所　株式会社 精興社
製本所　島田製本株式会社
データ制作　講談社デジタル製作
N.D.C.913　158p　22cm

ISBN978-4-06-195793-0

ごぼう
家が栄《さか》えますように
くわい
りっぱに
成長《せいちょう》できますように
里いも
子どもがたくさん
うまれますように
梅花《ばいか》にんじん
努力《どりょく》が実《み》を
むすびますように
しいたけ
平和《へいわ》でありますように
たけのこ
子どもが元気に
育《そだ》ちますように
手綱《たづな》こんにゃく
気持《きも》ちをひきしめてくらせますように

キャンドルともしておいわいしようおたんじょうびおめでとう
おうたをうたっておいわいしようおたんじょうびおめでとう